シュガーアップル・フェアリーテイル

銀砂糖師と赤の王国

三川みり

17057

角川ビーンズ文庫

CONTENTS

シュガーアップル・フェアリーテイル
銀砂糖師と赤の王国

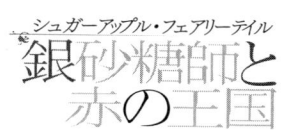

シュガーアップル・フェアリーテイル
STORY&CHARACTERS

今までのおはなし

ペイジ工房の職人頭として働き始めたアン。新年を祝う国教会の行事、新聖祭の砂糖菓子作りを担当することになったアンたちは、新しい作業場として、格安で古城を借りることに。いわくつきのその城で、幽霊騒ぎ、天候不順、人手不足など、様々な問題に直面するアンたち。一つずつ解決しながら、新聖祭へ向け砂糖菓子を作り続けるなか、とんでもない事件が起きて……!?

Key word

砂糖菓子……妖精の寿命を延ばし、人に幸福を与える聖なる食べ物。
銀砂糖師《ぎんざとうし》……王家から勲章を授与された、特別な砂糖菓子職人のこと。
銀砂糖子爵《ししゃく》……全ての砂糖菓子職人の頂点。

砂糖菓子職人の3大派閥

3大派閥……砂糖菓子職人たちが、原料や販路を効率的に確保するため属する、3つの工房の派閥のこと。

銀砂糖子爵
ヒュー

ラドクリフ工房派
工房長
マーカス・ラドクリフ

マーキュリー工房派
工房長
ヒュー・マーキュリー
（兼任）

ペイジ工房派
工房長
グレン・ペイジ

砂糖菓子職人
キース

ブリジットが連れてきた妖精
グラディス

工房長の娘
ブリジット

砂糖菓子職人
キング

砂糖菓子職人
ナディール

前・職人頭
オーランド

工房長代理 銀砂糖師
エリオット

本文イラスト／あき

一章　作業再開

ベッドの脇《わき》に座りこみ、アンは上掛《うわが》けの上に顔を伏《ふ》せて眠《ねむ》っていた。ベッドには、十五年間主人を待ち続けた妖精《ようせい》ノアが健《すこ》やかな寝息《ねいき》をたてて眠っていた。砂糖菓子《がし》の力で、ノアの消えかかっていた命はしっかりとつなぎとめることができた。

部屋は冷たい空気と、静けさに包まれていた。明るい日射《ひざ》しが、窓ガラスを通して床《ゆか》に落ちている。

新聖祭に砂糖菓子を間に合わせるために、これからアンにも大変な作業が待ち構えているはずだった。けれどペイジ工房《こうぼう》の助《すけ》っ人《と》として、キャットが来てくれる。そのことが大きな安心感となって、アンは眠ることができた。

と、突然《とつぜん》だった。

夢も見ずに、くたりと眠っていたアンの体が、いきなり強い力で引き寄せられた。誰《だれ》かの腕《うで》の中に抱《だ》かれる。頰《ほお》に当たる布地の感触《かんしょく》と、爽《さわ》やかな草木に似た髪《かみ》の香《かお》りはよく知っている。シャルだ。

ぼんやりと目を開けると、シャルの黒いさらさらした髪が目の前にある。あまりにも突然のことだったので、これが夢か現実か、判然としなかった。

「……え……シャル？」

するとと背に回されていた腕の力がさらに強まり、そして首筋にシャルの温かい吐息《といき》が触《ふ》れた。

それでようやく、これが夢でないことがわかった。徐々《じょじょ》に意識がはっきりすると、首筋にかかる息に耳が熱くなる。

「シャル？　どうしたの？」

「おまえは、渡《わた》さない」

切迫《せっぱく》した声だ。しかもシャルは、右手に剣《けん》を握《にぎ》っている。いつもと様子が違《ちが》う。これほど余《よ》裕《ゆう》のない彼を見るのは、はじめてだった。抱《だ》きしめる力は強く、まるでアンにすがりつくようだ。戸惑《とまど》い赤面しながらも不安になる。

「シャル？」

その時、城館の中に悲鳴が響《ひび》き渡った。びくりとした。

──なに!?

アンを抱くシャルの腕の力が緩《ゆる》み、彼は顔をあげ厳しい表情ですぐさま立ちあがる。

「来い」

短く命じると、アンの腕を摑《つか》んで立たせ駆《か》けだした。

「シャル!?　なにがあったの？」

訊《き》くが、シャルはきつい表情のまま答えない。嫌《いや》な予感と不安が膨《ふく》れあがる。

廊下《ろうか》に出ると、エリオットの声が聞こえた。何を言っているのかまでは聞き取れないが、動《どう》揺《よう》した声で怒鳴《どな》っている。

一気に廊下を駆け抜《ぬ》けて、二階の小ホールに出た。そして小ホールの手すりから階下のホールを見下ろした。玄関扉《げんかんとびら》が開きっぱなしになっているらしく、ホールは明るかった。

ホールの様子に息をのんだ。

「オーランド!?」

左翼《さよく》の作業場から飛び出してきたらしい職人たちが、ホールにうずくまるオーランドの周囲に集まっている。エリオットが青い顔で、オーランドを助け起こそうとしていた。

キングもナディールもヴァレンタインも、棒立ちだ。ミスリルさえ声もなく、ナディールの肩《かた》の上にいるだけだ。

シャルも一瞬《いっしゅん》立ち止まったが、すぐに階段を駆け降りた。

オーランドに駆け寄ったアンは、悲鳴をのみこんだ。

顔の左半分を片手で覆《おお》い、オーランドはうずくまっている。その指の隙間《すきま》から血があふれ、顎《あご》を伝って床に落ちていた。血が、石床のひび割れを這《は》うように広がる。

「オーランド！　見せろ、傷を見せろ！」

必死の形相で、エリオットがオーランドの肩を抱き、顔を覆う手を引きはがそうとしている。

しかしオーランドは呻《うめ》き、顔を覆った手を動かそうとしない。

生々しく血が滴《したた》り落ちる様に、アンは呆然《ぼうぜん》とした。悪寒《おかん》が背筋を這いあがる。

シャルは手にある剣を消すと、オーランドを挟《はさ》んでエリオットと反対側に膝《ひざ》をつく。

「エリオット。医者だ」

シャルに言われ、エリオットははっとしたようだった。すぐに職人たちにふりかえった。

「医者を呼べ！」

怒鳴られて、職人たちも正気づいたらしい。ヴァレンタインが青い顔をしながらも口を開いた。

「ルイストンの職人ギルドが利用する医者がいるはずです。呼んできます！」

焦《あせ》り、走り出そうとするのを、キングが呼び止めた。

「待て、ヴァレンタイン。俺が馬を出してやるから乗れ」

キングとヴァレンタインが玄関《げんかん》から飛び出した。

エリオットはすこしばかり落ち着いたらしく、てきぱきと指示を出しはじめる。

「ナディール、ミスリル・リッド・ポッド、アン。ダナとハルに湯を沸《わ》かして清潔な布を準備するように伝えろ。あと消毒用の薬かなにかあれば、それを準備してもらえ。オーランドをベッドに運ぶ。シャル、手伝ってくれ」

シャルは頷《うなず》き、アンにきつい視線を向ける。

「おまえは、手伝うな」

「え？　なんで」

「説明は後だ。俺から離《はな》れるな。一緒《いっしょ》に来い」

シャルはエリオットと一緒に、オーランドの体を抱《かか》えた。体を抱えあげると、オーランドは痛みのために声をあげた。

「すこし我慢《がまん》しろよ」

エリオットがなだめ、シャルとともに彼を部屋に運び始めた。

ナディールもミスリルも、アンと顔を見合わせた。

「いったい……なにがあったの？」

アンが訊くと、ナディールは強《こわ》ばった表情で首をふった。

「わかんないよ。オーランドが休憩《きゅうけい》で外に出て行ったんだ。そしたら悲鳴が聞こえて、駆けつけたらあの様子だったから」

ミスリルが緊張《きんちょう》した様子で言う。

「シャル・フェン・シャルも様子がおかしい。アン。とにかくいうとおりにして、あいつと一緒にいろよ。お湯や布、薬なんかは、俺とナディールでなんとかするから」

確かに、シャルの様子は普段《ふだん》と違う。切迫した緊張感《きんちょうかん》がある。

アンは言われたとおり、エリオットとシャルと一緒に、オーランドの部屋に入った。

ベッドに寝《ね》かされたオーランドは顔の左半分を手で覆ったまま、歯を食いしばっている。エリオットは顔を覆う左手の手首を掴んで、あやすように優《やさ》しく言う。

「オーランド。傷を見せろ」

「……痛い」

歯の隙間から絞《しぼ》るようにして、オーランドは言葉を発した。

「目が、痛い」

その答えを聞いて、エリオットの表情が曇《くも》る。

——目が？

職人にとって大切なのは、一番は指。そして次が目だ。もし目が傷ついているのだとしたら、大変なことだ。

「誰にやられた」

枕元《まくらもと》に立っていたシャルが訊いた。その言葉にアンはぎくりとしてシャルを見た。エリオットも、驚《おどろ》いたようにシャルを見る。

シャルはオーランドの怪我《けが》が、事故や不注意のせいだとは思っていないようだ。

「あいつだった……。街道《かいどう》で会った、赤い妖精」

「なんだって？」

エリオットは周囲に視線を走らせる。アンも不安になり、思わず部屋の扉《とびら》や窓を見る。

「安心しろ。奴《やつ》の気配は周囲にない」

シャルは軽く首を振《ふ》った。そして眉《まゆ》をひそめる。

「おそらく、俺の背後から不意打ちを狙《ねら》ったんだろう。俺を追って城館の中に入ろうとして、オーランドと鉢合《はちあ》わせした。オーランドの声で俺に気づかれると判断して、腹いせにオーランドを傷つけてそのまま逃《に》げ出したんだ」

「どういうこと？」

なぜ今頃《いまごろ》、あの妖精《ようせい》が現れたのか。予想だにしなかったことだ。

「シャルを追って……って。シャルはあの妖精を外で見つけたの？　どうして街道にいたあの妖精が、ホリーリーフ城に来たの？」

もしあの妖精がシャルに傷つけられたことを恨《うら》んで彼を追ってきたのだとしたら、かなり執《しゅう》念《ねん》深い。その執念深さにぞっとするが、シャルはそれ以上に恐《おそ》ろしいことを告げた。

「あいつは、ここにいたんだ。グラディスと名乗っていた妖精、あいつがあの赤い妖精だ」

頭が真っ白になる。その次には全身に怖気《おぞけ》が走る。今まで腕に抱えていた箱の中に、毒蛇《どくへび》がいたと知らされたような感じだ。

さすがにエリオットも、顔色をなくした。

「あいつが？」

沈黙《ちんもく》が落ちると、ベッドの上のオーランドが歯を食いしばりながらも声を出した。

「エリオット……」

呼ばれてふりかえったエリオットの手を、オーランドはあいている方の手で掴《つか》んだ。

「あいつがグラディスなら……ブリジットは……」

「あっ……！」

エリオットが立ちあがろうとするのを、シャルが片手で制した。

「俺が探しに行く。オーランドについていろ。アンは、一緒に来い」

アンの手首を握《にぎ》り、シャルは部屋を出た。

シャルに遅《おく》れないように小走りになりながら、彼の横顔を見あげる。

周囲に赤い妖精の気配はないと言っていたのに、シャルはひどく警戒《けいかい》している。

右翼一階の廊下を抜けてホールに出る。開いたままの大扉から射《さ》しこむ光に、ホールの床《ゆか》の血だまりがはっきり見える。ナディールとミスリル、ダナとハルが、台所の方で慌《あわ》ただしく布や湯の準備をしている音と声が聞こえる。

「あいつの狙いは、おまえだ。必ずまた襲《おそ》ってくる。おまえを捕《と》らえにくる」

アンの手を引き、ホールの階段をのぼりながらシャルが言った。

「どうしてわかるの？」

「あいつはもともと、銀砂糖師を欲しがっていた」

「ならコリンズさんやグレンさんも危ないじゃない!?」

「おまえだ。おまえを捕らえれば、俺がおまえを助けようとするとわかっている。だからあいつが狙うのは三人の銀砂糖師のうち、間違《まちが》いなくおまえだ。おまえを餌《えさ》にして、俺をおびき寄せたがってる」

「じゃ、グラディスの狙いは銀砂糖師と、シャルなの？」

二階の小ホールを通り過ぎ三階まで一気に駆《か》けあがりながら、シャルは頷いた。

「どうしてシャルなの？　怪我をさせたから恨んでるの？」

「あいつの本当の名前は、ラファル・フェン・ラファル」

言われて、アンは眉《まゆ》根《ね》を寄せた。

「名前。シャルと似てる」

「あいつは俺と同じ場所で生まれたらしい。俺を仲間にしたいようだ」

「仲間ってなんの？」

「わからん」

三階右翼の廊下《ろうか》に踏《ふ》みこむと、シャルはいったん足を止めた。探《さぐ》るようにずっと先までを見通す。アンも彼に習い、廊下の様子をざっと確認《かくにん》する。異状はない。

しかしグラディスの部屋として割り当てられていた部屋の扉が、半開きになっていた。

手を引かれるようにしながら、その扉に近づいた。シャルとともに、半開きの扉から中をのぞきこむ。

するとすぐに、窓の近くで床に倒《たお》れ伏《ふ》しているブリジットの姿を発見した。

「ブリジットさん⁉」

シャルの手の力が緩《ゆる》んだので、アンはシャルの手を離れて彼女に駆け寄った。上体を膝《ひざ》に抱えるようにして、抱《だ》き起こした。

ブリジットに怪我をした様子はなく、体は温かい。生きている。ほっとした。

「ブリジットさん！」

シャルもアンの傍《かたわ》らに跪《ひざまず》く。

何度も名前を呼ぶと、ブリジットは小さく呻《うめ》いて顔をゆがめた。そしてゆっくりと目を開いた。ブリジットはしばらくぼんやりと、アンの顔を見あげていた。

「ブリジットさん。大丈夫《だいじょうぶ》？」

ようやくブリジットの目の焦点《しょうてん》が合う。目をしばたたいた。

「……グラディスが、銀砂糖子爵《ししゃく》の砂糖菓子を盗《ぬす》んで食べた……。あの小さな妖精のための砂糖菓子を、勝手に。わたし、とめられなかった」

ブリジットは体を起こし、アンの手をふりほどくようにして床に座った。そして窓辺を指さした。

見ると太い窓枠《まどわく》に、フィッフのボードだけが置かれていた。

――ノアのための砂糖菓子が……。

美しい砂糖菓子には、力がある。妖精の寿命《じゅみょう》を延ばし、力を与《あた》える。あれほど素晴《すば》らしい砂糖菓子が、人をだまし襲うような妖精の力になってしまったのだ。

「グラディスの狙いは、砂糖菓子だったの」

ブリジットは唇《くちびる》を噛《か》んで、シャルに視線を向けた。

「捕《つか》まえて。グラディスはわたしのこと、殺す価値もないって言った……あいつ。捕まえて」

「逃げた」

シャルが答えると、ブリジットは急に力が抜《ぬ》けたように床に両手をついてうつむいた。

アンはブリジットにそっと声をかけた。

「怪我してませんか？」

ブリジットは力なく首を振った。

一階の方からナディールたちが騒《さわ》ぐ声が聞こえる。消毒用の薬がないだの、布をもっと用意しろだのと言っている。その声にブリジットが顔をあげる。

「なにかあったの？」

疲《つか》れたような表情と声に、彼女にこれ以上の衝撃《しょうげき》を与えるのは酷《こく》だと思えた。アンは言葉に詰《つ》まった。しかし。

「オーランドが襲われて、左目に怪我をした」

シャルが言った。

「シャル！　今はまだ」

アンは焦《あせ》って言葉を遮《さえぎ》ろうとしたが、シャルは冷徹《れいてつ》に言った。

「いずれ知れる。そして知る必要がある。襲ったのはグラディス。あいつの正体は、街道《かいどう》で砂糖菓子職人を襲っていた妖精だ」

「オーランドの目が……？」

目を見開いたブリジットに、シャルは頷《うなず》く。

なにか言葉を紡《つむ》ごうとして、ブリジットの口はわずかに動いたが声にならなかった。

「でも、ブリジットさんだけでも怪我《けが》がなくてよかった」

アンはブリジットの肩《かた》に触《ふ》れた。しかしブリジットはその手を振り払《はら》った。

「やめて！　わたしの……わたしのせいなのに!!」

そして両手を床について肩をふるわせた。

シャルは静かにそれを眺《なが》めている。責めているのではなく、ただ仕方ないことだと見守っているようだった。下手《へた》な慰《なぐさ》めは通用しないと、わかっているのだろう。

「……あの妖精をここに連れてきたのはブリジットさん。それは間違いないです」

アンは静かに答えた。

その言葉に、ブリジットが顔をあげた。涙《なみだ》に濡《ぬ》れた顔に、傷ついたような表情があった。

事実は理解していても、それを他人に「そうだ」と言われるのはつらい。けれど「そうじゃないよ」という誤魔化《ごまか》しも、よけいにつらいはずだった。

「ブリジットさんは彼に騙《だま》されて、連れてきた。けどブリジットさんだけじゃない、みんな騙されてた。ブリジットさんが騙されたからって、ブリジットさんのせいじゃない。騙されたのが悪いとか、責任があるとか、そんなことはない」

事実は、認めるしかない。けれどそれで誰《だれ》が悪いとか責任があるとか、そんなことは考える必要がない。そもそも立場が違《ちが》えば人によって、悪い人、責任がある人は変わるはずだ。

ブリジットにしてみれば、騙された自分が悪いのかもしれない。

けれどアンにしてみれば、おなじ女の子としてブリジットの傷ついた心が理解できたのに、それをどうすることもできなかった自分が悪い。

また別の誰かにしてみれば、一度対峙《たいじ》した相手を見抜《みぬ》けなかったシャルが悪いと思うかもしれない。

グレンやエリオットの、今までのブリジットへの接し方が悪かったから、こうなってしまったと思う者もいるかもしれない。

「でも結局、わたしのせい……！」

声を荒《あら》げかけたブリジットの両肩《りょうかた》を、アンは強く握った。

「自分のせいだとか、思うのはやめてください！」

強い口調に、ブリジットはびっくりしたように口をつぐんだ。

アンはブリジットから、視線をそらさなかった。

「そんなこと思う癖《くせ》がついてたら、何かがあったとき、誰のせいなのかって思ってしまう。そしたらその人を責めたくなる。でもそんなことしても、なにかがよくなるわけじゃない」

「ひどいじゃない」

ブリジットは顔をゆがめた。

「自分を責めるのも駄目《だめ》なら、じゃあ、どうすればいいのよ」

問われても、アンにもどうすればいいかなんて明確な答えはない。

「よくわからないけど。考えればいいんじゃないかと思うんです。今あることで自分を責めたくなるなら、今あることをどうすれば、もっとよくなるのか」

「考える？」

「ブリジットさんは、わたしなんかよりもずっと頭がいいから。考えれば、きっと答えがわかります」

強《こわ》ばっていたブリジットの体から力が抜けて、肩が落ちた。

「ブリジットさん？」

アンが両肩から手を離《はな》すと、ブリジットはぐらぐらしながらも立ちあがった。視線は宙にすえられて、どこかぼんやりしている。ふらりと歩き出し、部屋を出て行った。

ブリジットの細い背中は頼《たよ》りなくて不安だった。

──でも。きっと、考えてくれる。

信じようと思った。

──だってブリジットさんは、真っ先に砂糖菓子のことを言ったもの。

目を覚ましたブリジットは、真っ先に砂糖菓子のことを告げた。

おそらくラファルが砂糖菓子を自分のものにしてしまったことが悔《くや》しかったのだろう。ブリジットは砂糖菓子への畏敬《いけい》の念を確かに持っていて、それを守りたいと思うから悔しがってくれた。

そんな心を持っている人は、崩《くず》れ落ちるだけの人間ではないはずだ。

オーランドは、左目の真上から頰《ほお》にかけて縦に斬《き》られていた。ヴァレンタインとキングが呼んできた医者は腕《うで》がよく、傷を手早く縫合《ほうごう》してくれたので血はすぐに止まった。

しかし眼球が傷つけられていた。左目はおそらく光を失うだろうと医者は告げた。

オーランドは傷の痛みのためにぼんやりしているらしく、その事実を聞かされても曖昧《あいまい》に頷いただけだった。そして処方された薬を飲んで、痛みがやわらいだのか、眠《ねむ》った。

オーランドが左目の光を失うと聞いたキングとヴァレンタイン、ナディールの三人の方が、本人よりも衝撃を受けたようだった。いつも陽気で騒がしい彼らが、ほとんど口を開かなかった。

午後をまわって、アンとミスリル、そしてキング、ヴァレンタイン、ナディールは、左翼《さよく》二階の、銀砂糖を碾《ひ》きなおしている石臼《いしうす》が置かれた作業場に集まった。

どこか呆然《ぼうぜん》としている職人たちに、集まれと命じたのはエリオットだった。

五つの石臼の周囲には、さらさらの粉になった銀砂糖が山になっている。そしてそれを入れる樽《たる》も運びこまれている。職人たちがずっと続けていた作業の成果だ。

それらを見回すエリオットの顔は、いつもよりわずかに沈《しず》んでいるようだった。彼は静かに切り出した。

「オーランドの怪我が心配なのは、俺も同じだ。あの妖精《ようせい》が、アンを狙《ねら》ってくるかもしれないってのも不安だ」

オーランドに怪我を負わせた妖精の正体とその目的を、職人たちはシャルから聞かされた。

職人たちはそんな妖精を連れこんだブリジットに対して怒《いか》りをあらわにしたが、それも一《いっ》瞬《しゅん》だった。彼らには、怒《おこ》っている時間ももったいない。

もうすぐ助《すけ》っ人《と》のキャットが来る。これで新聖祭に間に合う見こみが立ったと喜んだ矢先、オーランドが働けない状態になったのだ。

希望を見いだした直後だっただけに、落胆《らくたん》は大きい。

それをわかっているのだろう。エリオットは、できるだけ落ち着いた口調で言った。

「妖精のことは、シャルがアンを守ってくれると保証してくれた。だから任せよう」

彼が視線を向けた先は、開け放した扉《とびら》の向こうに見える廊下《ろうか》だった。廊下の窓枠《まどわく》にもたれるようにして、シャルがこちらを見守っている。

「もうすぐキャットが助っ人に入ってくれるが、オーランドの抜《ぬ》けた穴を埋《う》めるだけだからね。他《ほか》に助っ人のあてがない今、これが俺たちの手持ちの職人と時間の限界だ」

キングとヴァレンタイン、ナディールが、さすがに不安そうに顔を見合わせた。

「できるか？　みんな、続けるつもりはあるのか？　今ならまだ、銀砂糖子爵に銀砂糖を融通《ゆうずう》してくれるように頼《たの》める。来年からの選品で不利にはなるし、工房《こうぼう》の評判も今ひとつあがらないかもしれないが、とりあえず切り抜けられる」

確かに、とりあえず切り抜けることはできる。けれどせっかく摑《つか》んだこの機会は生かせない。

各派閥《かくはばつ》の本工房の実力は、今回の選品でよく理解できた。マーキュリー工房もラドクリフ工房も、さすがによい砂糖菓子を作る。ペイジ工房は今回、危《あや》ういところで勝てたのだ。

それを考えれば、来年から不利な条件を持って選品にのぞんだのなら、選品で勝てる可能性はかなり低くなる。ほとんど不可能かもしれない。

ここを切り抜けたところで、結局ペイジ工房はじりじりと追い詰《つ》められていく。

オーランドはアンがペイジ工房に来るまで、職人頭をしていた。アンが新しい職人頭になったとはいえ、長年職人頭として頼りにしてきたオーランドの存在は彼らにとって大きな心理的な支えだったのだろう。その彼が抜けたことは、職人たちにとって大きな衝撃《しょうげき》に違いない。

オーランドが左目の光を失うと聞けば、アンも冷静ではいられない。何ができるわけでもないのに、彼のことばかりがぐるぐると頭の中を廻《めぐ》りそうになる。

——でも、やらなきゃ。

ここで妥協《だきょう》をしたら選品に出た意味も、勝った意味もなくなる。

背筋を伸《の》ばし、決意をこめて顔をあげた。

「やります」

はっきり言い切った。

アンだって不安だ。もし間にあわなかったらどうしようかと、泣き出したいような気持ちだ。

けれどアンはオーランドにかわって職人頭を命じられて、職人頭となったのだ。彼の代わりができないならば、自分の価値はない。

「絶対やれます」

そう言ってから、三人の職人にすこし笑って見せた。うまく笑えたか不安だったが、それでもそれに応《こた》えるようにナディールがにこりとした。

「……うん。……そうだね。やるよ」

それに勇気づけられたように、ヴァレンタインが微笑《ほほえ》む。

「ええ。ここを無難に切り抜けても、未来はない」

キングがふっと笑う。

「職人頭がやる気なら、やるぜ」

エリオットが安心したように、いつもの笑顔《えがお》を見せた。

「んじゃ、作業再開だねぇ」

エリオットは引き続き銀砂糖を乾燥《かんそう》させる作業に入り、キング、ヴァレンタインとナディールが、石臼で銀砂糖を粉に碾く作業を続ける。

アンは力が弱く、石臼を一人で動かすのには無理がある。

そこでできあがった雪の結晶《けつしょう》の砂糖菓子を、円錐《えんすい》の塔《とう》に組みあげる作業をすることになった。

ミスリルとともに一階におりると、結晶を、組みあげ作業のために準備した部屋に移した。

床《ゆか》に広げた布の上に結晶を並べ、大きさや色みを一目で選べるようにした。

円形の砂糖菓子の台座を前に、アンは跪《ひざまず》いた。

大きな雪の結晶を手元にいくつか引き寄せ、それを慎重《しんちょう》に斜《なな》めに立てるようにして台座に固定していく。

台座に固定する部分だけは、ゆるめに練った銀砂糖を使う。石の器《うつわ》に入れたそれを、ミスリルがすかさず差し出してくれる。それを細い枝のような道具ですくい、台座と結晶を目立たないように固定する。

──オーランドの左目は、ほんとうに見えなくなるの？　職人として仕事は続けられる？

――この職人の数で、間に合うの？　やるしかないけど、間に合うの？

――あの妖精は襲《おそ》ってくるの？　また誰《だれ》かが傷つけられたら……。怖《こわ》い……。

作業をしながらも、油断すると様々なことを考えてしまう。

いけないと思い、軽く両手で頰をたたく。ふと、視線を感じた。

アンが作業をする部屋の扉は開かれており、廊下には窓辺にもたれかかったシャルがいた。彼はじっとアンを見ていた。見守ってくれている。

――集中しなきゃ。

見守ってくれていると強く感じることで、少し落ち着く。改めて砂糖菓子に向き合う。

アンが砂糖菓子に手を伸ばすと、シャルは少し安心したように視線を窓の外へ向けた。

しばらく、無心になって組みあげをしていた。台座の周囲をぐるりと結晶で囲み、ほっと息をついた時だった。

廊下の窓辺から外を見ていたシャルが、眉《まゆ》をひそめた。

「アン。客のようだ。おまえにだろう」

どことなく不機嫌《ふきげん》な声で呼んだ。

「お客？」

ちょうど作業のきりがよかったので、アンは立ちあがってシャルの隣《となり》に行って窓の外を見た。

「キース？」

意外な客人だった。

丘《おか》を降りる坂道のはじまるあたりに、品のよい膝丈《ひざたけ》の上着を身につけ、柔《やわ》らかいタイを首に結んだ、貴公子然とした青年がいる。前銀砂糖子爵の息子《むすこ》キース・パウエルに違《ちが》いない。しかし彼はどうしたことか、身を隠《かく》すようにして木の陰《かげ》にいる。

彼は窓越《ご》しにアンの姿を見つけたらしい。手招きをはじめた。

「さっきあそこに現れて、俺の姿を見つけるなり、身振《みぶ》り手振《てぶ》りで何か言ってる」

確かに。なにやらキースは必死に手招きして、静かにしろとでも言うように、しきりにひとさし指を唇《くちびる》に当てる。

「どうしたんだろう。来いって、言ってるの？」

首を傾《かし》げると、肩《かた》のうえに乗るミスリルも胡散臭《うさんくさ》そうに言う。

「なんで堂々と入ってこないんだ？」

「なにか事情があるのよ、きっと。行ってみる」

ラファルを警戒《けいかい》するシャルは、アンを一人で行動させないことに決めたらしい。アンが歩き出すと、当然のように一緒《いっしょ》についてきた。

玄関《げんかん》を出て庭を突《つ》っ切り坂道のところまで来ると、木の陰からキースが顔を出した。

「よかったよ気がついてくれて。ありがとうシャル。久しぶりだね。自由になってるみたいで、安心した。アンも、ミスリル・リッド・ポッドも、元気そうだね」

いつもの柔らかな笑顔で迎《むか》えてくれた。

「どうしたの？　キース。こんなところに。入ってくればいいのに」

訊《き》くとキースは、辺りを気にするように視線を走らせ、城館から見えにくい藪《やぶ》に入るようにアンの背を押して誘導《ゆうどう》した。

「ここの職人たちに歓迎《かんげい》される身じゃないからね、僕は。遠慮《えんりょ》したんだ。ほんとうなら来るべきじゃなかったけれど、心配で」

「心配ってなにが？」

「銀砂糖が固まってるだろう？　ラドクリフ工房も大騒《おおさわ》ぎだよ。新聖祭の予備の砂糖菓子を準備しているマーキュリー工房は、配下の、被害《ひがい》を受けていない工房から銀砂糖を集めて作業を進めてる。ペイジ工房にはそれほどたくさんの配下がないから、銀砂糖を確保しようと思えば、銀砂糖子爵からラドクリフ工房に『ペイジ工房に銀砂糖を融通しろ』と命令が下るはずなんだ。けれどそれがないから、ペイジ工房はまさか銀砂糖を碾《ひ》きなおして使う気じゃないかと思って」

「そのとおりよ。他の工房には頼《たよ》らないことに決めたの」

それを聞くとキースは眉をひそめ、苦い表情で断言した。

「無茶《むちゃ》だよアン。職人が余るほどいるのならまだしも、たった六人で。砂糖菓子をつくるだけでもぎりぎりだろう？　このうえ銀砂糖まで自前で準備していたら、絶対に間に合わない」

「間に合わせるわ。もうすぐキャットも助《すけ》っ人《と》に来てくれるの」

「ヒングリーさん一人が増えたって、ほんとうに間にあう？　アン、冷静になって。間に合わなければペイジ工房《こうぼう》はつぶれるんだ。派閥《はばつ》がなくなるんだ。それよりも今回は銀砂糖子爵に頼《たの》んで銀砂糖を融通《ゆうずう》してもらって、新聖祭に間に合わせたほうがいい。来年からの選品では不利になるかもしれないけど、それでも……」

そこでキースは言葉を切り、少し迷うようにしながらも続けた。

「僕がこんなことを言えた義理じゃないのは、わかってる。僕がペイジ工房の凋落《ちょうらく》の原因の一つになったんだから。けど、父が修行《しゅぎょう》して愛した派閥が消えるのは、見たくないんだ」

仕事をぬけて、キースはわざわざ来てくれたのだろう。彼はペイジ工房ではなくラドクリフ工房で修行することを選択《せんたく》したが、それでも父親の出身派閥に対する尊敬や愛着があるのだ。

それが嬉《うれ》しかった。

「ありがとう、キース。でももうコリンズさんとも、決めたことだから」

「あの人、ほんとうに真剣《しんけん》に物事を考えてくれるのかい!?」

珍《めずら》しくキースが強い口調で言った。

「ひどいねぇ。キース」

笑いを含《ふく》んだ声に、キースもアンもぎょっとなった。ミスリルも驚《おどろ》いたようにふり返ったが、シャルは先刻承知だったらしく、ちらりと背後に目を向けただけだ。

背後の藪をかき分けて、エリオットがひょこりと顔を見せた。

「こんなところに隠れなくても、入ってくればいいのに。照れ屋さんだねぇ」

ばつの悪さにだろう、キースはすこし頰《ほお》を赤らめた。

「あなたに見つかりたくなかったからです」

「嫌《きら》われちゃったみたいだね。でも見つかりたくないなら、あんな場所で飛《と》び跳《は》ねて、人目をひいちゃ駄目《だめ》だよ。二階にいる俺の方がよく見えるんだから、一階のアンが気がつく前に俺に見つかっちゃうじゃない？」

エリオットは腰《こし》に手を当てると、面白がるようにキースの目の前に立った。

「あなたが二階にいるとは思いませんでした。作業場は一階だと銀砂糖子爵から聞いてたので」

あくまでも上品なキースは、不機嫌さを隠すように無表情で言った。するとエリオットは、にっこりした。意外な反応に、キースは戸惑《とまど》ったように視線を泳がせる。

「なんですか？」

「ペイジ工房のこと心配してくれてるんだねぇ」

「いけないことですか？」

「いや。どっちかって言うと嬉しいよ。でもそういうことは、隠れてやってても意味ないと思うんだよねぇ。せっかくの思いも相手に伝わらなきゃ。ま、おいでよ。歓迎するから」

エリオットはキースの腕《うで》を摑《つか》んだ。くるりと方向転換《てんかん》すると、ずんずん歩き出した。

「ちょっと待ってください！」

慌《あわ》てるキースを意に介《かい》さず、エリオットはぐいぐいと彼を引っ張っていく。

「コリンズさん、キースをどうするつもりですか？」

アンが大慌《おおあわ》てでエリオットに追いすがると、彼はにやりとした。

「見てもらおうじゃない？　ペイジ工房の仕事ぶりをさ」

「え？」

「待ってください。僕はペイジ工房の職人たちを不愉快《ふゆかい》にさせないように、わざわざ……」

「いいから、いいから」

なにがいいのかわからないが、エリオットはそのままキースを城館の中に引っ張りこみ、正面階段をのぼって左翼《さよく》二階に連れて行った。そして石臼《いしうす》が置かれた部屋の前に、キースを立たせる。

そこまで来ると、もうキースも観念したらしい。困惑《こんわく》した様子ながらも、おとなしくなった。

キースは、自分はペイジ工房を裏切ったと思っている。

そしてペイジ工房の職人たちは、キースを裏切り者だと思うのはお門違《かどちが》いとわかっている。

わかっていながら、感情的にキースに見捨てられたと感じているらしい。

その両者のことを思って、キースはあえて彼らに見つからないようにここに来たのだろう。

エリオットはその彼の心遣《こころづか》いを、ぶちこわすつもりだろうか。

部屋の中にいる三人の職人は、一心に石臼を動かしていた。出入り口にアンたちがやってきたことにも、気がつかないらしい。

「見ててごらん。いつ気がつくと思う？」

エリオットがキースの耳に囁《ささや》いた。

キースは驚いたように、職人たちの動きを目で追っている。

職人たちの気迫《きはく》を、アンもひしひしと感じていた。彼らの気迫は、職人としての誇《ほこ》り高さから来るものだ。けしてできないと言わず、限界まで、可能な限り、仕事をする。安易に人に頼らず、自分の腕で仕事をやり遂《と》げようとしている。

キースにも理解できるはずだ。彼らの誇りと、熱意を。

しばらく経《た》っても、職人たちは出入り口に人が立っていることに気がつかない。

キースが居心地《いごこち》悪そうにエリオットを見やると、彼は片目をつぶって見せた。そして、

「俺たちは自分たちの力でやろうと決めた。できると信じてる」

そう言うと、いきなり大きな声を出した。

「おーい、おまえら」

その声に三人の職人がようやく動きを止めて、こちらを見た。

キースの姿を見て、ナディールとヴァレンタインが意外そうな顔をした。

キングだけが首をひねる。

「エリオットかよ。なんだ？　その坊主《ぼうず》は」

するとヴァレンタインが、苦笑《くしょう》しながら教える。

「坊主は失礼ですよキング。彼は前銀砂糖子爵エドワード・パウエルさんのご子息です」

するとキングの眉《まゆ》が、きゅっと吊《つ》りあがった。

「へぇ。噂《うわさ》の、例の奴《やつ》か。なにしにきたんだ？」

「僕は……」

言いよどむキースの言葉を遮《さえぎ》るように、エリオットが前に出た。

「銀砂糖がこんなことになってるからねぇ、心配して様子を見に来てくれたんだよ」

「え？　なんで心配してくれんの？」

ナディールの大きな目で見つめられて、キースは困ったように答えた。

「それは……ペイジ工房は、父が大切にしていた場所ですし」

キングとヴァレンタインは、ちょっと驚いたように顔を見合わせた。

「て、ことでね。心配はいらないってわかったよねキース。んじゃ、行こう。邪魔《じゃま》したな。みんな作業を続けろ」

キースの背を押して、エリオットは彼を小ホールに導いた。

アンはエリオットとキースについて歩きながら、エリオットが何をするつもりなのかぼんやりと理解できた。アンと並んで歩くシャルをちらりと見ると、彼は面倒《めんどう》なことだと言いたげに、軽く肩《かた》をすくめる。

小ホールに出ると、エリオットは立ち止まった。そして笑いながらキースの顔を覗《のぞ》きこむ。

「どう？　まだ心配？」

しばらく考えてから、キースは口を開いた。

「心配です」

「おっと、言うねぇ」

エリオットはおどけてよろめいてみせたが、キースはまじめな顔を崩《くず》さない。

「けれど……信じたいと思います。職人の仕事ぶりを」

「よかったよ。そう思ってくれて」

「それでも、職人を増やす算段はするべきです」

「できれば、やってるけどねぇ。どう、キース。いっそうちで働く？　ラドクリフ殿《どの》のところは辞《や》めちゃってさ。実はキャットを助っ人に頼んでるんだけど、うちの職人が一人怪我《けが》をしたんだ。助っ人頼んでも人数が増えなくてね、困ってんのよ」

「できません。僕は裏切り者です。僕の決断でペイジ工房は……」

エリオットが突然《とつぜん》、ははははっと陽気に笑った。

「キースって結構、自意識過剰《かじょう》だねぇ」

「どういう意味ですか」

さすがにむっとしたように問い返したキースに、エリオットはやんわりと告げた。

「君の決断一つで、ペイジ工房が一気に傾《かたむ》くわけないじゃない？　積み重なったものがあって、キースの件が噂になった。キースの決断を『ペイジ工房に入らないなんて、あいつは馬鹿《ばか》な決断をしたな』って世間に言わせられなかったのは、俺たちの責任だ」

キースはきょとんとした。

「ついでに言えば、君は前銀砂糖子爵の息子《むすこ》だからって、ペイジ工房で特別扱《あつか》いされるとか思ってた？　それも自意識過剰だよ。悪いけど、うちでエドワードさんのことを知ってるのは、俺とオーランドとグレンさんくらいだ。俺もオーランドも、エドワードさんがいたときにはまだガキだったから、あの人が偉《えら》い人になったんだってことはぴんと来なかった。うちの職人は、砂糖菓子の細工の腕だけを信頼《しんらい》してるから、前銀砂糖子爵の息子なんていわれても、そうですかで終わっちゃうよ。ラドクリフ殿の方が、よっぽどこだわるんじゃない？」

ペイジ工房の職人たちはラドクリフ工房を選んだキースが、ペイジ工房を見限り、見捨てたと感じている。けれど実際にはキースは、父親の足跡《そくせき》をたどるのを嫌っただけで、ペイジ工房に愛着がある。それを職人たちにも知らせる、これはいい機会だ。

そしてキース自身の罪悪感も、必要ないものだと知らせることができる機会だ。

工房をうまく回すために、エリオットは常にいろいろなことを考えているのだろう。彼はやはり、工房の長《おさ》となるべき人間だ。その力量と自覚を持っている。

しばらくびっくりしたような顔をしていたキースだったが、そのあとエリオットから視線をそらした。

「失礼を承知で言います。いやな人ですね、コリンズさん」

「よく言われるねぇ」

キースは軽くため息をついて、アンに向き直った。

「ごめんね、アン。余計なお世話だったね」

「ううん。そんなことない。心配してくれるのは、ありがたかった。嬉《うれ》しかった」

「君たちの仕事を手伝ってくれそうな職人がいたら、教えるよ」

さらにキースは、エリオットに礼儀《れいぎ》正《ただ》しく頭をさげた。

「余計なことをしました。失礼します。コリンズさん」

「で、どう？　うちに来たりしてくれる？　これってスカウトなんだけど」

「無理です、僕は。父は尊敬していますしペイジ工房には存続して欲しいけれど、やっぱり父の真似《まね》をするのはいやなんです。ペイジ工房には入りません」

さっと身を翻《ひるがえ》して、キースは足早に城館を出て行った。その背中が、どこか恥《は》じいっているようだった。

「残念～。ふられちゃったぁ～」

エリオットはキースを見送ると、歌うように言いながら、どこか楽しそうにぶらぶらと砂糖菓子を乾燥《かんそう》させる部屋に帰っていった。

「キースの奴、気の毒に。エリオットにいじめられたな」

ミスリルは心底同情したようだ。さらに重ねて、シャルが言う。

「垂れ目が一枚うわ手だ。坊《ぼう》やの負けだ」

妖精《ようせい》たちの感想に、アンは苦笑した。

「そうかもね」

二章　国教会の危惧《きぐ》

「アン！　さあ、起きて！」

　翌日の朝。はつらつとした声とともに、いきなりカーテンが開かれて部屋いっぱいに明るい光が射《さ》しこんだ。

　アンは呻《うめ》いて、もそもそと毛布の中に潜《もぐ》りこもうとした。

　昨日も作業のために、眠《ねむ》ったのは真夜中過ぎだ。いつもならばそれでも、なんとか起きられる。だが昨日の朝は、銀砂糖子爵ヒュー・マーキュリーとの勝負があった。そのため前夜はほとんど徹夜《てつや》だった。そして徹夜明けでぼんやりして、うたた寝《ね》しているところにラファルの事件だ。

　精神的な打撃《だげき》は相当だったし、その後も、オーランドが仕事ができない状況《じょうきょう》に焦《あせ》りが募《つの》り、とても自分だけ休む気になれなかった。結局他の職人たちと一緒《いっしょ》に、真夜中過ぎまで仕事をしていたのだ。

「起きて！　アンも、ミスリル・リッド・ポッドも。シャルも！」

　潜りこもうとしていた毛布が、ひっぺがされた。全身を襲《おそ》う冷気に、アンは身震《みぶる》いして縮こまった。一緒のベッドに寝ていたミスリルは、横で大いびきをかいている。

またもや、毛布をひっぺがす音がした。誰《だれ》かが、長椅子《ながいす》で寝ているシャルの毛布をはぎ取ったのだろう。

昨夜からシャルは、アンの部屋で寝ることになった。ラファルを警戒《けいかい》してのことだ。するとミスリルも「うらやましい」と騒《さわ》ぎ、アンの部屋で眠った。

用心のためとはいえ、これほど部屋がある城館で三人まとまって眠っているのがおかしくもあり、なんとなく嬉しくもある。

「さあさあ！　朝ご飯ですよ。ほら、シャルも！」

こんなに元気なのは、誰だろうか。怪我をしているオーランドでも、疲《つか》れ切っている職人たちでもない。グレンや、ましてブリジットでもない。ダナやハルは、もっと遠慮《えんりょ》がちだ。

そこでようやく思い出した。

昨日の朝まで今にも消えそうに弱っていたのに、夕方からぐんぐん元気になって、やたら血色のいい顔になった薄紫《うすむらさき》の髪《かみ》の可愛《かわい》らしい妖精。ノアだ。

ノアはヒューに作ってもらったフィッフの砂糖菓子が奪《うば》われたことには、ひどく落胆《らくたん》していた。けれど新聖祭が終わったらアンが銀砂糖子爵に指導を乞《こ》い、あれと似たものを作ると約束すると、途端《とたん》に明るい顔をした。そして前夜は、空き部屋になったミスリルの部屋に移り眠ったはずだった。

──よかった。とっても元気になった。

声をかけようと思うのだが、目が開かない。ものすごく寒いのに、起きあがれない。

「僕は今日から、ダナとハルの二人を手伝って、この城で働くからね！　まずみんなを起こすのが、僕の役目だよ。決めたんだ。これだけは僕、昔からきちんとできたから。なにしろずっとがんばって起きろ起きろと言えばいいんだから。ハーバート様もものすごい寝坊《ねぼう》だったけど、僕がちゃんと起こしてたよ」

くるくるとその場で踊《おど》り出しそうなほど、ノアは楽しげだ。

「うるさいな。朝っぱらから」

騒がしさに、さすがのミスリルも動き出す。その場に座ると、ごしごしと目をこすっているらしい。

「……元気だな。ノア」

シャルが、とてつもなく嫌《いや》そうな声を出す。

「元気だよ！　こんなに自分の体がしゃんとしてるのなんて、何年ぶりかな？　そのあたりを飛び跳《は》ねることができるくらい元気だよ。やって見せようか？」

「……良かったな……だが、飛び跳ねなくていい」

物憂《ものう》げに答えて、シャルはアンのベッドに近づいてきたようだ。衣擦《きぬず》れの音が、すぐ近くでする。

「アン。起きろ」

「……ごめん……。だめ。起きられない……もうちょっとだけ……」

か細い声で答える。

「起きたほうがいい。俺はかまわんが、下穿《したば》きが見えてる」

「…………え?……え、え――っ!?」

シャルの言った事実を認識《にんしき》するまで、数瞬。雷《かみなり》に打たれたように、一気に目が覚めた。

跳ね起きてベッドの上に座り、あわてて寝間着《ねまき》の裾《すそ》を押さえた。

「み、見た!?」

真っ赤になって、ベッドの脇《わき》に立つシャルを見あげた。

アンが身につけている下穿きは、ふんわりと膨《ふく》らんで腿《もも》の辺りまでを覆《おお》い、絞《しぼ》った裾に木綿《もめん》のレースがついているものだ。特別恥ずかしいしろものではない……と思う。思いたい。

しかしお行儀悪《ぎょうぎわる》くそんなものが見えていた事実が恥ずかしい。足も丸見えだっただろう。

「相変わらずのかかし頭だな、アン。見たからシャル・フェン・シャルが教えたんじゃないか」

ミスリルが呆《あき》れたように言う。

「見たんだ……ひょっとしてミスリルも……」

「気にするな！　足と下穿き以外は、見えてないぞ！」

「全部見えてるじゃない！」

アンはさらに赤くなった。シャルがくすっと笑った。

「一人前に恥《は》ずかしいか?」

「それは当然……」

「安心しろ。おかしな気分を起こさせるような、いいものじゃなかった」

平然と言われ、それはそれでがっくりした。

ノアはアンたちが起きると、今度は三階のエリオットを起こしに行くと言って張り切って出て行った。

それからカーテンの陰《かげ》で着替《きが》えを済ませた。髪を編んでいると、キングの大声が一階から聞こえた。

「おい、あれキャットじゃないか!? キャットだぜ!」

「キャット!?」

アンは思わず笑顔《えがお》になった。

「まさか、こんなに早く!」

急いで髪を編み、シャルとミスリルと一緒に部屋を飛び出した。すると階段でエリオットと鉢合《はちあ》わせした。

「よっ、おはよう。三人とも」

赤い髪についた寝癖《ねぐせ》を撫《な》でつけながら、階段を早足でおりてきたエリオットの表情も嬉《うれ》しげだ。途中《とちゅう》まで階段をのぼってきたナディールが、せきこんで庭の方を指さした。

「アン、エリオット！　庭に馬車が来て、男の人が荷物もって、玄関《げんかん》に向かってきてるのが窓から見えた。俺、キャットさんの顔は知らないけど、エリオットが言ってた雰囲気《ふんいき》そのまんまだよ。キャットさんだよ、たぶん！」

「一緒に小さな妖精《ようせい》はいた？　緑の髪の」

訊《き》くと、ナディールは元気よく頷《うなず》いた。

「ミスリル・リッド・ポッドと同じくらいの大きさの緑の髪の妖精が、肩《かた》に乗っかってたよ」

「じゃ、間違《まちが》いない！」

みんなで階段をおりると、玄関扉《げんかんとびら》に向かった。はやる気持ちを抑《おさ》えきれずに、アンは一番に玄関扉を開けた。

「おわっ!!」

開けた途端に、玄関扉前に立っていた人物がびっくりしたようにのけぞった。

その人が来てくれたことが嬉しくて、アンの声は弾《はず》んだ。

「キャット！」

ほっそりとした体つきと、灰色がかった髪。つりぎみの青い目。身につけているものは袖口《そでぐち》にレースがあしらわれている洒落《しゃれ》た上着と、襟元《えりもと》に刺繍《ししゅう》を施《ほどこ》したシャツ。どこか貴族的な雰囲気のある立ち姿。彼は意外にもお洒落だし、黙《だま》っていれば品がいい。

「てめぇら、どんだけ陰気《いんき》くせぇところで仕事してやがるんだ。なんの冗談《じょうだん》だ。この城は」

顔をあわすなり挨拶《あいさつ》もなく、キャットは文句を言った。

「いい細工じゃねぇか」

アンが昨日途中まで組みあげた、雪の結晶《けっしょう》の塔《とう》。まだ三分の一程度しかできていないが、それを見たキャットは腕組《うでぐ》みして、感心したように言った。

「けどこりゃ、時間がべらぼうにいるな。結晶の細工も、下手《へた》に扱《あつか》えば、作ってる最中に割れちまう。練りも、ちょっとばかり工夫《くふう》がいるから通常より時間がかかるな」

「ええ。だから。キャットが必要だったんです」

アンとエリオットは朝食のあと、キャットを左翼《さよく》一階の作業場に案内した。

もちろんシャルもアンについてきたが、彼は廊下《ろうか》にいる。砂糖菓子を作る作業場は聖なる場所だ。シャルはそれを知っているので、むやみに作業場に踏《ふ》みこもうとしない。

キャットは昨日の昼に、アンからの手紙を受け取ったらしい。それからすぐに出発をして、昨夜夕暮れと同時にルイストンに到着《とうちゃく》した。昨夜はルイストンの風見鶏亭《かざみどりてい》に一泊《いっぱく》し、今朝早くにホリーリーフ城を目指して風見鶏亭を出たのだそうだ。

早朝の出発だったので、キャットは朝食を食べていなかった。

そこでペイジ工房《こうぼう》の職人たちと一緒《いっしょ》に朝食をとった。そのときに職人たちを紹介《しょうかい》し、オーランドの怪我《けが》や、ラファルのことについて、さらに作業の進捗状況《しんちょくじょうきょう》などもざっと話はしていた。

「俺はまず、銀砂糖を碾《ひ》く作業だな。銀砂糖が使えなけりゃ話にならねぇからな」

二階ではすでに、石臼《いしうす》の音がしている。

ナディールとヴァレンタイン、キングが作業を始めているのだ。ミスリルも粉になった銀砂糖を樽《たる》に入れる作業を任されているので、彼らとともに二階にいる。

「まじめな話、キャットが頼《たよ》りなんだよねぇ」

エリオットが赤毛頭を掻《か》くと、キャットはふんと鼻を鳴らした。

「しかたねぇ。あのボケなす野郎《やろう》の言いなりになるよりは、てめぇのにやけた面《つら》を見てた方がましだ。それに……」

作りかけの砂糖菓子をもう一度見下ろし、キャットは呟《つぶや》いた。

「手をかけるかいがある。これはおもしれぇ」

それを聞いたエリオットは、安心したように表情を緩《ゆる》める。

「俺もそう思ってるんだけどね」

アンは頭をさげた。

「お願いします」

「やるさ。そのために来たんだ。時間はねぇから俺はすぐに作業に入る。その前に、こいつを台所にでも連れてってくれ。邪魔《じゃま》だ。料理だけはやるはずだ。目が覚めりゃの話だが……」

うんざりしたように、キャットは自分の肩のうえでこくこくと船をこいでいる、緑の髪《かみ》の小さな妖精ベンジャミンのベルトを摑《つか》んで、アンに突《つ》きつけた。

料理以外はやりたくないと言い切るベンジャミンは、始終眠《ねむ》っていてほとんど役に立たない。なんのためにキャットがこの妖精を使役《しえき》しているのか、いまいち理解できないくらいだ。

つままれた状態でもぐうぐう眠っているベンジャミンに呆れながらも、両掌で受け取る。

「俺はキャットを二階に案内する。アンはベンジャミンを台所に連れて行って、それからグレンさんとオーランドに報告してよ。キャットが仕事に入ったってね」

エリオットはそうお願いすると、キャットを連れて二階へ向かった。

気持ちよさそうに寝《ね》ているベンジャミンに半ば感心しながら、アンはシャルとともに彼を台所に連れて行き、ダナとハル、ノアに預けた。

あちこち動かされても目を覚まさないベンジャミンに、働き者の三妖精はびっくりしていた。

それから三階へ向かい、アンはグレンに報告をした。

キャットが仕事に入ると聞くと、グレンは深いため息をついた。

「そうか。とりあえずは良かった。……これでオーランドの怪我がよくなってくれれば」

どこかが痛むかのように、顔をしかめる。

オーランドの怪我のことも、ラファルのことも、エリオットが昨夜のうちにグレンに報告していた。ベッドに寝たきりのグレンは、ただ報告を聞くことしかできない。さぞもどかしいことだろう。

「グレンさん。ブリジットさんには、会われましたか？」

昨日からブリジットは部屋に閉じこもっている。食事も取っていない。

オーランドが怪我をしたことで、ブリジットも傷ついているのは間違いない。その彼女が父親なりエリオットなりに声をかけてもらえれば、すこしは気持ちも和《やわ》らぐのではないかと思えた。

しかしブリジットの名を聞くと、グレンは眉根《まゆね》を寄せた。

「会ってない」

「ブリジットさんも傷ついてると思うんです。だからグレンさんが会って話を」

「アン。君の言いたいことはわかる。だが今は、あの子の顔を見たくない。エリオットにも言ったが、当分あの子をわたしの部屋に入れないでくれ」

「でも」

「とても会える気分じゃない。あの子の愚《おろ》かな行いで、オーランドは職人にとって大切な目を片方失ったんだ」

グレンは窓の方へ顔を向けた。

これ以上ブリジットのことを聞かせないで欲しいと、拒否《きょひ》しているようだった。

わかりましたとは言えなかった。けれどそれ以上言いつのるのも、グレンの気持ちを考えればできなかった。ブリジットにもオーランドにも、グレンは同じように愛情を持っている。だからこそ、やりきれないのかもしれない。

結局アンは、また報告に来ますとだけ言って部屋を出た。

廊下に出ると、壁《かべ》にもたれてシャルが待っていた。

「次は、オーランドの部屋か」

言いながら体を起こす。シャルは昨日からずっと、こうやってアンと一緒にいる。彼の自由が一切《いっさい》ないことが、なんだか申し訳ない。

「ごめんね。ずっとわたしにつきあってるのなんて、つまんないでしょ」

階段をおりてオーランドの部屋に向かいながら、シャルはため息をついた。

「おまえが狙《ねら》われるのは、俺のせいだ」

「でも、そもそも銀砂糖師を狙ってたグラディス……じゃなくて、ラファルか。彼がわたしを狙うのは当然で」

「エリオットでもなくグレンでもなく、おまえを狙うのは、俺のせいだ」

怒《いか》りだけではなく、わずかな戸惑《とまど》いが彼の表情にはある。

逃《に》げ去ったラファルのことを、思い出しているのかもしれない。

シャルは、ラファルが自分と同じ場所で生まれたと言った。それは二人の妖精《ようせい》にとって、どんな意味があることなのだろうか。

人であれば兄弟とか、親族とか、それと似た関係なのかもしれない。

ラファルはシャルを、仲間にしたがっているとも聞いた。なんの仲間なのか、シャル自身もわからないらしい。しかし間違《まちが》いなく、二人はお互《たが》いに、なにかしらの意味がある存在なのだろう。

——何があるの？

妖精には妖精の感覚や考えがあり、彼らにしか理解できないものがあるのだろうか。

——わたしには、わからないのかも。

それはすこし恐《おそ》ろしい。シャルはずっとアンのそばにいて、守ると誓《ちか》ってくれた。けれど自分が理解できない何かのために、彼がふいと姿を消してしまいそうな気がする。

シャルの言葉を疑っているわけではない。

ただ、シャルやアンの力ではどうしようもないものがありそうな気がしたのだ。

シャルとともに一階の廊下に踏みこむと、オーランドの部屋の前に意外な人物がいた。

驚《おどろ》いてアンは立ち止まった。

「ブリジットさん？」

呼ばれて、彼女はびくっとしてこちらを見た。

「オーランドのお見舞《みま》いですか？　だったらちょうどいいです。今からオーランドに、キャットが来てくれたから心配するなって報告に行こうと思ってたから。一緒にはいりましょう」

小走りに駆《か》け寄り、笑顔《えがお》で言った。

おそらくブリジットは、オーランドの様子が気になって来たのだろう。

今までのブリジットは、嫌《いや》なことがあると部屋に閉じこもってばかりいた。けして自分から出てこなかった。けれどこうやってこの場所に来たことが、なにかの変化に思えて嬉《うれ》しかった。それが罪悪感からきた行動だとしても、変化には違《ちが》いない。

ブリジットはうつむいて、うろうろと視線をさまよわせた。

「どんな顔して会えばいいのか、わからないわ。あなた、いいわよねアン。のけ者にされたことないから、そうやってためらいなくなんでもできるのよ」

意外なことを言われ、アンは目をぱちくりさせた。

「ここじゃ違《ちが》うけど、わたし基本的にどこでもずっとのけ者でした。ラドクリフ工房でも、そうだったし。昔はママと二人で旅してたから、行く場所行く場所で、子供たちからのけ者にされてました。まあ、無理ないですよね。突然《とつぜん》やってきた、よそ者だもの」

ブリジットがようやく顔をあげた。そしてアンの顔を不思議そうに正面から見た。

アンを見つめる翡翠《ひすい》のような瞳《ひとみ》は、やはり美しかった。身につけたドレスも、スカートにたくさんの襞《ひだ》があり女の子らしい。よく似合うし、素敵《すてき》だ。こんな素敵な女の子なら誰《だれ》だってのけ者になんかしないし、邪険《じゃけん》に扱《あつか》いはしないと思う。

「でもそれって、のけ者にされてるんじゃないこともあるんです。ある村で、子供たちが遊んでるのがうらやましくて、わたし、遠くからずっと見てたことがあるんです。そしたら女の子が一人、わたしに気がついて『遊びたいの？』って訊《き》いてくれた。そうだって答えたら、その子『早く言ってくれれば良かったのに。気がつかなかった』って笑って。それでわかったんです。みんな遊びやいろんなことに夢中で、自分自身に一生懸命《いっしょうけんめい》なんだって。だから気がつかないことがある。わたしそれから、勇気を出して知らない子にも自分から『遊ぼう』って言うようにしたんです。それでものけ者にされることはあったけど……。でも、前よりはずっと、のけ者にされることが少なくなったんです」

アンには力もないし、たいした知恵《ちえ》もない。ただの砂糖菓子職人で、英雄《えいゆう》でもなんでもない。けれどそんな自分でも、日々生きるのには勇気が必要なのだ。

見知らぬ子に『遊ぼう』と声をかける勇気。そんな勇気は、ちっぽけだ。だが本人にとっては、自分の世界が終わる恐怖《きょうふ》を克服《こくふく》するほどの勇気がいる。

オーランドの部屋に入ること。そして一言、見舞いの言葉を言うこと。

それはブリジットにとっては、とてつもなく勇気が必要なことに違いない。よくわかる。

しかし逃げなければ、なにかが変わる可能性がある。

「一緒《いっしょ》に入ろうかと思ってたけど、気が変わっちゃいました。ブリジットさん。オーランドに、伝えてください。キャットが来てくれたから、大丈夫《だいじょうぶ》だって。お願いします。行こう、シャル」

「ちょ、ちょっと⁉」

ブリジットが慌《あわ》てるのもかまわずに、アンは背中を向けて、シャルとともに足早に歩き出した。

「アン！」

呼ばれたが、聞こえないふりをした。

するとさらに焦《あせ》ったように、ブリジットはシャルを呼んだ。

「シャル。待って、シャル！　アンを呼び戻《もど》して、わたし！」

シャルはちらりとふり返った。

「職人頭から任された、おまえの仕事だ」


——わたしの仕事？　仕事って、なによ？

シャルの言葉に戸惑い、意味のわからなさにすこし腹がたった。すねた気分で呟《つぶや》く。

「これが仕事なんて」

確かにアンはブリジットに、キャットが来たことをオーランドに伝えてくれと託《たく》した。だがこれが仕事だというなら、あまりに子供だましすぎてふざけている。

でも頼《たの》まれたからには、仕方ない。伝えないわけにはいかない。

「仕事だから……」

どこか自分に言い訳するように言って、ブリジットはオーランドの部屋の前に立った。何度か深呼吸して、思い切ってノックした。

すぐに扉《とびら》が開いて、オレンジ色の髪《かみ》の妖精がひょこりと顔を見せた。

「あ、お嬢様《じょうさま》」

ダナだった。オーランドの看病をしているのだろう。彼女は意外な客に、目を丸くした。

「頼まれたのよアンに。……仕事なの。仕方ないからオーランドに伝言しなくちゃいけないの」

「あ、はい。オーランドさん、起きてらっしゃいますから。どうぞ」

「いいのよ。ダナが伝えてくれれば……」

と言いかける前に、ダナは扉を大きく開いて部屋の中に声をかけてしまっていた。

「オーランドさん。お嬢様がいらしてます。わたし、お茶をお持ちします」

ダナは「どうぞ」と言うと、そそくさと出て行った。

家事をまかされているダナはいつも遠慮《えんりょ》がちで、家族や職人たちの目をできるだけ避《さ》けるようにしている。今もオーランドとブリジットの会話を邪魔《じゃま》してはいけないと思ったのだろうが、ブリジットにしてみれば、今はダナがいてくれた方がありがたいのに。

けれどダナは行ってしまった。しかもダナはオーランドに向かって、ブリジットが来たと告げてしまった。引き返すわけにもいかない。

渋々《しぶしぶ》、部屋の中に入った。暖炉《だんろ》に火が入れられて、部屋の中は暖かい。

ベッドの上にオーランドは座っていた。背をヘッドボードにもたせかけて怠そうにはしているが、表情はしゃんとしている。

驚いたようにこちらを見ている顔の半分が、包帯で覆《おお》われていた。

——ほんとうに、目が。

その姿に、頭を土塊《つちくれ》で殴《なぐ》られたみたいな鈍《にぶ》い衝撃《しょうげき》を感じた。

「ブリジット？　なんだ？」

びっくりしたようにオーランドに訊かれ、はっとした。自分は伝言を頼まれたのだ。それを伝えなければいけない。しかしどうしたことか、胸が絞《しぼ》られるように苦しい。

「伝言を頼まれたの。アンに。だから……伝言を」

言葉を紡《つむ》ぐと、それにつれてさらに胸が苦しくなる。

——職人なのに。オーランドは。職人なのに。

何かが喉元《のどもと》にせりあがってくる。

幼い頃《ころ》。ブリジットとオーランドはよく二人で遊んでいた。二人とも職人になろうと無邪気《むじゃき》に誓《ちか》い、グレンの目を盗《ぬす》みジム爺《じい》さんに頼んでは、できの悪い銀砂糖をもらって砂糖菓子を作る真似事《まねごと》をして遊んだりした。

その頃エリオットも母屋《おもや》に出入りしていたが、彼は今と同じように、ちょっとふざけた感じのする子供だった。

だがブリジットとオーランドとは、あきらかに砂糖菓子に対する姿勢が違った。

彼は遊びで銀砂糖に触《ふ》れることはしなかった。見習いのする仕込みの仕事だけを、黙々《もくもく》とこなしていた。そして職人たちの仕事を、自分の仕事をしながらじっと見ている。

そんなエリオットの姿に感化されるように、オーランドも徐々《じょじょ》に真剣《しんけん》に、砂糖菓子と向き合うようになった。

そしてそれと同じ頃に、ブリジットは父親に、砂糖菓子職人にはなれないのだと諭《さと》された。

ブリジットを置いてけぼりにして、二人は職人の道に入った。

けれど彼らの真剣さを、ブリジットはよく知っていた。最初から見ていたのだから。

「キャットが来てくれたの。だから安心して……」

それ以上、言えなかった。ふいに視界がゆがみ、頬《ほお》に熱いものが流れた。両手で口を覆った。

しかし嗚咽《おえつ》は、両手でふさぎきれなかった。

「……ごめんなさい」

言葉がこぼれた。堰《せき》を切ったように、次々に言葉がこぼれ出た。

「ごめんなさい。オーランド。ごめんなさい。わたしが、あんな妖精《ようせい》を連れてきて。オーランドは、職人なのに。目が……ごめんなさい。わたしのせいよ。アンはそんなこと考えるなっていったけど、けどやっぱり、わたしのせいなのに」

オーランドは驚《おどろ》いたように彼女を見ていた。

「ごめんなさいオーランド。ごめんなさい……ごめんなさい……」

「いい。ブリジット」

軽く、オーランドは首を振《ふ》った。

「左目は駄目《だめ》になっても右目がある。問題ない。指も無事だ。それよりも……。ブリジットは怪我《けが》をしなくて良かった。顔がとりえなのに、傷がついたら大変だった」

——顔がとりえって、ひどいじゃないの。

涙《なみだ》があふれるのに、怒《おこ》り出したいような、逆に吹《ふ》き出したいような、おかしな気分になる。

でもオーランドの言葉は本物だ。

昔からオーランドは、誤魔化《ごまか》しや嘘《うそ》を口にしない。子供の頃からそうだ。

ブリジットのことを顔がとりえと思っているのは、本心だろう。なんて奴《やつ》だろう。悔《くや》しい。

——でも「怪我をしなくて良かった」って言ってくれた。

気にしてくれている。

固まっていた感情が溶《と》け崩《くず》れて一緒くたになって、頭にきてるのか、嬉《うれ》しいのか、悲しいのか、よくわからない。判然としない感情の渦《うず》の中で、アンの言葉を思い出す。

「みんな遊びやいろんなことに夢中で、自分自身に一生懸命《いっしょうけんめい》なんだって。だから気がつかない

ことがある。わたしそれから、勇気を出して知らない子にも自分から『遊ぼう』って言うようにしたんです」と、アンは言っていた。

工房《こうぼう》のみんなはいつもブリジットをのけ者にして、誰《だれ》も気にとめてくれないと思っていた。でもそれは当然なのかもしれなかった。父親を含《ふく》めた彼らは職人で、いつもいつも、砂糖菓子のことばかりに夢中で、他《ほか》のことなど気にしている余裕《よゆう》がない。でもだからこそ、彼らは尊敬できる職人なのだ。

自分の立場では砂糖菓子職人になれないことは理解していたし、自分も、なるべきではないと思ったからあきらめた。けれどそれならば、彼らと近い場所にいられるように、自分から踏《ふ》み出せば良かったのかもしれない。自分の価値を見つけるために。

勇気を出して彼らに一歩、歩み寄る。そしてひと言、一緒になにかしたいと言う。

子供の頃にアンがそうしたように。

もっと学べと告げたシャルの言葉の意味が、ようやく理解できる。子供の頃に学ぶべきだったことを、ブリジットは学んでいなかったのかもしれない。

とても簡単なことだ。でも勇気が必要だ。

「オーランド」

ブリジットは涙を手で拭《ふ》いて、ためらいながらも切り出した。

「わたしが、看病してもいい？」

「…………………………は？」

眉根《まゆね》を寄せて妙《みよう》な冗談《じようだん》でも聞いたような顔をするので、さすがにむっとした。唇《くちびる》をとがらせ、そっぽを向く。

「いやなら、やめるわ」

「あ、いや」

少し焦《あせ》ったようにオーランドは言うと、しばしの沈黙《ちんもく》の後にぼそりと言った。

「頼む」

ブリジットから逃《に》げるようにして、アンは玄関《げんかん》ホールに出てきた。背後からついてきたシャルが追いついて、アンと並ぶ。

「そこか、アン」

階段のうえからエリオットの声がした。仰《あお》ぎ見ると、エリオットが困ったような笑顔《えがお》で階段を降りて来るところだった。右手に一枚封筒《ふうとう》を持っている。

「急に悪いけど、お出かけの準備してくれない～？　シャルも一緒《いつしよ》に」

「どうしたんですか？」

「これ」

エリオットが手にある封筒をひらひらさせる。黄ばみのない、真っ白な高級紙で作られた封筒だ。宛名《あてな》はペイジ工房派長代理エリオット・コリンズ殿《どの》。差出人は銀砂糖子爵ヒュー・マーキュリーだった。封蠟《ふうろう》の紋章《もんしょう》も、銀砂糖子爵のものだ。

「銀砂糖子爵が、聖ルイストンベル教会に来いと言ってる。オーランドの怪我のことが、医者を通して銀砂糖子爵の耳に入ったらしい。それで子爵が国教会に報告に行ったら、教父が騒《さわ》ぎ出したんだってさ。ほんとうに間に合うのかってね。それでこのさいだから、ペイジ工房が作ろうとしている同様のものをマーキュリー工房に作らせたらどうかとか、そんな話までしているらしい」

「そんな！　わたしたちがみんなで考えて作ったものを、他の工房に作らせるなんて！」

「まぁね。ほんとうなら、俺たちの砂糖菓子が間に合わなきゃ、マーキュリー工房が予備に作ってる砂糖菓子を新聖祭に使えばいい。それだけの話なんだけど、ペイジ工房の砂糖菓子を主祭教父がえらく気に入ってて、そんな話になってるみたいよ。で、ペイジ工房の責任者を呼べということになったみたいね。俺一人で行ってもいいけど、職人頭も行くべきでしょ」

「行きます。依頼《いらい》主は国教会でも、砂糖菓子はわたしたちが作るんですから」

工房で所有している中型の馬車を駆《か》り、エリオットとアン、シャルは聖ルイストンベル教会に向かった。

選品がおこなわれた聖堂を回りこむと、屋根つきの廊下《ろうか》で聖堂と結ばれた教父館がある。三階建ての石造りで、規則的に縦長の窓が東西の壁の側面に並んでいる。ごくあっさりとした造りだが、端正《たんせい》さが威厳《いげん》をかもしだす。

そこから先の敷地《しきち》には高い塀《へい》が巡《めぐ》らしてある。塀の中には教父学校や図書館、日常用の礼拝堂など、教父たちが生活する場所がある。

エリオットは馬車を操《あやつ》り、教父館の出入り口に横着けした。教父になる前の、教牧と呼ばれる見習い教父に馬車を預ける。

教父館の中から、選品を取り仕切っていたブルック教父が姿を現した。

「お待ちしてました。コリンズさん。ハルフォードさん」

両開きの樫扉《かしとびら》をはいると、広いホールになっていた。扉の正面から奥に向かって、真っ白い石を敷《し》いた廊下がのびている。驚くほどに、長い廊下だ。

冷たい風の中馬車を飛ばしてきたので、教父館の中に満ちる暖かい空気にほっとする。どこかで聖エリスの実を混ぜた香《こう》を焚《た》いているらしく、すっきりした良い香《かお》りが漂《ただよ》っていた。

アンのケープとエリオットの外套《がいとう》を、教牧が受け取る。

教牧はちらちらと、シャルを気にしている。

ブルック教父も、困惑《こんわく》しているようだった。

「この妖精は。確か、選品の時にも聖堂にいたようですが」

「物騒《ぶっそう》な奴がうちの職人頭を狙《ねら》っていましてね。護衛です。問題ですか？」

「いえ、まあ。護衛として戦士妖精を教主様方におつけするのは我々もするので、問題はないですが。てっきり、愛玩妖精《あいがんようせい》かと」

ブルック教父の勘違《かんちが》いは、当然だろう。黒髪《くろかみ》と黒い瞳《ひとみ》、すっきりとした艶《なま》めく立ち姿。前髪に触《ふ》れる長いまつげ。白い肌《はだ》。とても戦士妖精といった風情《ふぜい》ではない。

ブルック教父に導かれ、アンたちは廊下を奥に進んだ。

廊下の左右は扉が並び、そのため窓がなく、奥へ行くほどに暗くなる。そして廊下の突き当《つあ》たりは、ほとんど薄闇《うすやみ》といっていいほど暗かった。

突き当たりは扉になっていた。扉脇《とびらわき》に陶器《とうき》製の香炉《こうろ》が置かれ、薄《うす》い煙《けむり》が立ちのぼっている。

ブルック教父が扉をノックした。

「主祭様。銀砂糖子爵様。ペイジ工房派の長代理コリンズさんと、職人頭ハルフォードさんをお連れしました」

「はいりなさい」

落ち着いた声には、聞き覚えがあった。選品で最後にペイジ工房の砂糖菓子を選んでくれた、あの主祭教父だ。

「どうぞ」

ブルック教父が扉を開くと、目の前が突然《とつぜん》ぱっと明るくなった。

部屋の中には、光が満ちていた。縦長の窓が正面に並び、そこから明るい日射《ひざ》しがはいっている。暖炉《だんろ》の火が暖かく燃え、薪《まき》のはぜる音と炭の香りがする。

窓の前に大きな机があり、主祭教父が座っている。背後から射《さ》しこむ光のために表情がよくわからない。白くなりかけている灰色の髪が、光に透《す》けてより明るく見える。

主祭教父の机を挟《はさ》んで、背の高い男がいた。逆光で顔が見えない。しかし。

「来たな、ペイジ工房」

聞き慣れた声がして、その男がつかつかとこちらに歩み寄ってきた。光の筋から外れると、その男が、銀砂糖子爵ヒュー・マーキュリーであるとわかった。

彼は部屋の中央辺りに来ると、アンたちに向かって、中に入れというように軽く顎《あご》をしゃくった。そして彼らを中へ通しながら、主祭教父に顔を向けた。

「ご要望通り、呼びました。ペイジ工房派の長代理コリンズと、職人頭ハルフォードです」

エリオットとアン、シャルが中に入ると、背後で扉が閉められた。

「よくきてくれた。ペイジ工房」

主祭教父の声は、穏《おだ》やかで優《やさ》しかった。明るさに慣れた目でようやくその表情を確認《かくにん》すると、わずかに微笑《ほほえ》んでいる。

エリオットは頭をさげ、アンは膝《ひざ》を折った。

主祭教父はふと首を傾《かし》げる。

「その妖精は?」

するとヒューが答えた。

「戦士妖精です。そこの職人頭の護衛です。愛玩妖精ではないので、教父館規則には違反《いはん》しないはずです」

「ほぉ、これが?」

主祭教父が興味ありげな顔をするので、ヒューはにやりとした。

「下手《へた》に面白《おもしろ》がって近づくと、痛い目にあいますよ」

シャルは自分のことが話題にされているのに一切《いっさい》関心を示さず、壁際《かべぎわ》に無表情で立っている。いつものことで、慣れっこだろう。

「もっと近くにきなさい。コリンズ、ハルフォード」

主祭教父に手招きされ、アンとエリオットは机の前に立った。

主祭教父の机の前には応接用の椅子《いす》が二つ、長椅子《ながいす》が一つ置かれている。ヒューはその長椅子に腰《こし》を下ろし、足を組む。くつろいだ様子だ。これで自分の仕事は終わりだとでも言いたげだった。しかしこれからの成り行きを面白がるように、視線はアンたちの背をじっと見ている。

「新聖祭の砂糖菓子の作業。進捗状況《しんちょくじょうきょう》を銀砂糖子爵から聞いた。まだ一つも、砂糖菓子はできあがっていないそうだね。そして職人が現段階で五人とか。さらに銀砂糖が固まる事故があり、今はその銀砂糖を使える状態にするために、作業中。砂糖菓子の制作は中断している。これでいいかな？」

主祭教父は、笑顔《えがお》のままだ。笑顔で並べ立てられる厳しい事実に、アンは唇《くちびる》を噛《か》む。

エリオットが頷《うなず》く。

「まちがいありません」

「わたしはこの状況で、新聖祭の砂糖菓子が間にあうか否《いな》か、銀砂糖子爵に確認した。彼は『ペイジ工房《こうぼう》は間にあわせると言っている』と、答えた」

主祭教父はヒューに視線を向ける。

「そこで別の訊《き》き方をした。『あなたは、この状況でペイジ工房が間にあうと思うか』と。彼の答えは、『冷静に考えれば無理だ』ということでした」

アンとエリオットは、ヒューをふりかえった。ヒューは肩《かた》をすくめる。

「当然だ。嘘《うそ》は言えない。だがペイジ工房が間にあわせようとしている気迫《きはく》は十分感じる。だからここは信じて待つべきだ。もし間にあわなければ、マーキュリー工房が作っている予備を使えばいいだけのことだ。俺の提案は、それだ」

「しかし、わたしはそれを惜《お》しいと思いました」

主祭教父が、ヒューの言葉を引き取るように続けた。

「銀砂糖が固まる事故は、予想外の不運です。しかしあの美しい砂糖菓子が聖堂を飾《かざ》る様を、わたしも見たいのです。だからここは、どうでしょう。あなた方の仕事をマーキュリー工房にしてもらう、ということで。不測の事態なのです。だからペイジ工房には罰金《ばっきん》を科さないことにする。そのかわりに、マーキュリー工房に仕事と作品を譲《ゆず》る」

罰金を科されずに、仕事を辞《や》められる。それは思いもよらない提案だった。温情と言ってもいいかもしれない。けれどアンは血の気が引くような怒《いか》りを感じた。

――仕事と作品を譲れ？

職人としての誇《ほこ》りを、根こそぎ相手に渡《わた》せというのだろうか。

国教会の提案は、温情のつもりかもしれない。けれど職人にとっては、この上もない侮辱《ぶじょく》だ。

――考えられない、そんなこと。

にこりと、エリオットが笑った。

「いいお話です」

アンはびっくりして、エリオットの腕《うで》を掴《つか》んだ。

「コリンズさん！」

「だっていい話じゃない？　実際。こんな温情、めったにかけてもらえないよ」

「嫌《いや》です!!」

思わず大声が出た。

「みんなで考えて、みんなで作ったあれを、誰《だれ》かに作ってもらうなんて嫌です！　みんなで作ります！　じゃないと、誰も納得《なっとく》しません。ここであきらめたらペイジ工房はまた、じりじり追い詰められていく。それにここで作品を渡したら、職人たちの誇りまで一緒に売り渡したことになる。一万クレスと引き替《か》えに職人の誇りを売り渡したら、みんなに顔向けできない。誇りを売るくらいなら、ペイジ工房が続く意味がない」

必死にエリオットを見あげる。

「そう思う？」

「そう思うんじゃなくて、そうなんです」

エリオットはふっと笑った。

「だよねぇ」

それから彼は、主祭教父に視線を移した。

「確かにいいお話です。けれどお聞きのとおり、うちの職人たちは誰一人、そんな条件はのまないんです。だからお断りします。我々は、新聖祭の砂糖菓子を作ります。間にあわせます」

「銀砂糖子爵は、冷静に判断して間にあわないと言っていますが？」

「いえ。間にあいます」

「意地を張って間にあわなければ、一万クレスの罰金です。評判も地に落ちますよ」

「承知です。間にあわない場合は、覚悟《かくご》しています」

エリオットの微笑む横顔を見つめて、アンは胸を押されるような苦しさを感じた。

——覚悟。

エリオットは、すべてを覚悟している。

ヒューはうっすら笑って、彼らのやりとりを眺《なが》めている。主祭教父の求めに応じてペイジ工房を呼び出したが、彼にはアンやエリオットが下す決断など最初からわかっていたのだろう。

職人ならだれしも、わかるはずだ。自分たちの作品を誰かに譲ることなど考えられない。

「よろしい」

静かに、主祭教父は頷いた。

「その覚悟なら、仕事を続けなさい。ペイジ工房。しかしこの申し出を断ったのです。もしもの時は、どんな事情があるにせよ温情はありません」


望むところだ。

かっかしていたのでそう思ったが、教父館を出て馬車に揺《ゆ》られ始めると不安が徐々《じょじょ》に大きく胸の中にわき出してくる。

馬車を操《あやつ》るエリオットも、珍《めずら》しく黙《だま》っていた。シャルは左右を流れるルイストンの賑《にぎ》やかな街の様子を、見るともなしに眺めている。

二人に挟まれて座りながら、アンの心は沈《しず》んだ。

ヒューは冷静に判断して、間にあわないと断言していた。おそらく彼の言葉は正しい。

けれどアンたちは、やらなければならないのだ。なんとしても。

一人一人の作業をもっと増やし、睡眠《すいみん》時間を削《けず》って作業をするか？　職人たちは賛同して一生懸命《いっしょうけんめい》やってくれるだろうが、そんな無茶《むちゃ》をして職人たちの体がもつだろうか。

やはり職人を増やすしかないのだろうか。キースもそう言っていた。

しかし派閥《はばつ》に所属しておらず、一定以上の技術がある職人のあてなどない。

馬車はルイストンの城壁《じょうへき》近くの、盛り場にさしかかっていた。その界隈《かいわい》は城壁に沿うように賭場《とば》や酒場が密集しているので、がらの悪い連中が街路に出てたむろしていることもある。日が暮れて、若い娘《むすめ》が一人で来てはいけないと言われている治安の悪い通りだった。

しかしここを突《つ》っ切ってルイストンを出た方が、ホリーリーフ城に帰るには早い。

昼間なので危ない連中がたむろしている様子はないが、石敷《じ》きの街路の端《はし》に、酔《よ》っぱらいが横になっていたりする。酔っぱらいは中年や老人が多かったが、中には若そうな酔っぱらいもいた。

酒場の外壁《がいへき》にもたれかかり、座りこんで項垂《うなだ》れている金髪《きんぱつ》の酔っぱらいは若者だ。汚《よご》れてはいるが、もとは仕立てが良さそうなシャツとズボンを身につけていた。金髪も洗えば、目をひくほど綺麗《きれい》な色だろう。

その若い酔っぱらいの膝《ひざ》のうえに、掌大《てのひらだい》の、赤い髪《かみ》の女の子の妖精がいた。妖精は何事か言いながら、若者の手をしきりに撫《な》でている。

——あれは⁉

馬車が金髪の酔っぱらいの横を通り過ぎた瞬間《しゅんかん》、赤毛の妖精《ようせい》の姿がはっきり見えた。

「待って！　馬車、とめてください！」

声をあげると、エリオットが手綱《たづな》を引き絞《しぼ》った。

「なに？」

「ちょっと降ります！　シャル、降りるから通して」

「なんだ？」

シャルは不審《ふしん》げにしながらも、御者台《ぎょしゃだい》から降りてくれた。続いてアンも飛び降り、今しがた通り過ぎた酒場の方へ向かって駆《か》けた。シャルもついてくる。エリオットは首を傾《かし》げながら、御者台からふり返ってこちらを見ていた。

酔っぱらいの膝のうえから、赤毛の妖精は必死に声をかけている。

「起きてください。風邪《かぜ》をひきますから、起きてください。お願いです」

アンは駆け寄りながら、その妖精の名前を呼んだ。

「キャシー！」

はっとしたように、妖精キャシーがふりかえった。勝ち気そうな目が、大きく見開かれる。

金髪の酔っぱらいのそばに膝をつくと、アンは彼の肩を揺すった。

「ジョナス！」

三章　一人の職人

キャットが噂《うわさ》で耳にしたとおり、ジョナスはルイストンにいたのだ。けれどこんなにすさんでしまっているとは、思いもよらなかった。この姿に、アンはすくなからず衝撃《しょうげき》を受けていた。

石畳《いしだたみ》の上に膝をついたアンの声に、ジョナスの肩《かた》がぴくりと動く。

「ジョナス、ねぇ。ジョナス。寝《ね》てるの？　起きて」

シャルがアンの背後に立ち、ジョナスを冷ややかに見おろす。

「放っておけ」

「放っておけない。わたし、ジョナスに助けられたんだもの。そのためにジョナスは追い出されたんだから」

何度か肩を揺すると、ジョナスがやっと顔をあげた。

「……ジョナス」

ほっとした。しかしアンの顔を見た途端《とたん》に、ジョナスはアンの肩を突き飛ばした。そして自分の腕を抱《だ》き、逃《に》げるように背を丸める。

「なんだよ、アン！　こんなところに。なんだよ！」

「ジョナス。聞いて。サミーのやったことが砂糖菓子品評会で明るみに出たのよ！　ジョナスの無実も証明された。マーカスさんはジョナスに謝りたいって。それでもう一度ラドクリフ工《こう》房《ぼう》に帰ってこないかって、ジョナスのノックスベリーの家に手紙を出したのよ。もう一度ラドクリフ工房に帰れるのよ」

「それ本当なの!?」

アンが頷《うなず》くと、キャシーが目を輝《かがや》かせる。

「ジョナス様！　お聞きになりましたか!?　戻《もど》れるんですって！」

嬉《うれ》しそうにキャシーが両手を打ち合わせるが、ジョナスは動かなかった。

「ジョナス？」

反応のないジョナスに、キャシーとアンは顔を見合わせた。

「いやだよ。帰らないよ」

かすれた声で、ジョナスは投げやりに言った。

「いまさらラドクリフ工房に帰ってなんになるんだよ。あそこにはキースがいる。あそこに帰っても、またキースと比べられて、惨《みじ》めな思いをするだけじゃないか。帰らないよ。僕は絶対帰らないからな！」

ラドクリフ工房での、ジョナスの立場は微妙《びみょう》だ。長《おさ》のマーカスは、甥《おい》のジョナスよりもキースに目をかけている。居づらいのは確かだろう。それでもなんとか踏《ふ》ん張ってきたのに、先の事件で、ジョナスはマーカスから信頼《しんらい》されていないことが職人たちにも知れてしまった。

そんな場所に帰るのは苦痛だろう。

「じゃあ、ノックスベリーに帰って、家の砂糖菓子屋を継《つ》げばいいじゃない」

「いやだ！　工房で一年修行《しゅぎょう》しただけで逃げ帰ったら、父さんも母さんも、がっかりするに決まってる。村のみんなだって、なんて言うか」

「じゃ、がんばってもう一度ラドクリフ工房に帰って修行を……」

「ラドクリフ工房には帰らないし、ノックスベリーにも帰らない！　放っておいてよ、もう」

やけっぱちの台詞《せりふ》に、途方《とほう》に暮れる。キャシーが祈《いの》るようにアンを見ている。

――腕は、悪くないのに。

ジョナスは前フィラックス公の城で、アンと二人だけ城に残された。

結局彼は逃げ出したが、残されたということは、その力量が認められていたということだ。

ヒューも初対面の時に言っていた。駆け出しの職人という腕ではないと。

その時、はっとした。

「そうだ！」

アンは座り直した。自分が思いついたことに嬉しくなり、顔がほころぶ。

「ジョナス。じゃ、ペイジ工房に来て！　今わたしペイジ工房にいるの。職人が足りなくて困ってるの。ジョナスの腕なら戦力になる」

今のペイジ工房は、一人でも多くの職人が必要だ。ジョナスの腕前《うでまえ》ならば、きっと役に立つ。新聖祭に間に合う可能性がぐんとあがるはずだ。

「はぁ？　なに言ってんの？」

ジョナスは怒《おこ》ったように、ようやくアンに顔を向けた。

「君はいつもいつも、とんちんかんなことばっかり！」

「だって、ラドクリフ工房もノックスベリーもいやなら、ペイジ工房に来ればいいじゃない。わたしたちは職人が必要なの」

「勘違《かんちが》いしないでよアン。もう僕は、砂糖菓子なんかうんざりなんだ。銀砂糖には触《さわ》りたくもないんだよ！」

「え……そうなの？」

「そうだよ！　僕は君と違って、砂糖菓子しか作れない単純馬鹿《ばか》じゃないんだよ！　学校の成績だって良かったし、泳ぎだって上手だった。足も速いし。絵もうまかったし、歌だってうまかった。なんだってできるんだ。砂糖菓子にこだわる必要なんかないんだよ」

アンは眉《まゆ》をひそめた。

「じゃ、なんでもできる人なのに、なんでこんなところで座りこんでるの？　早く別の仕事を探せばいいじゃない」

アンは昔から、砂糖菓子以外のことは器用にこなせるほうではなかった。

勉強は嫌《きら》いで、頭が切れるとは言えなかったし、走ったり飛んだりするのも苦手だった。さらにとても残念なことに、音痴《おんち》だった。

どんな町や村に行っても、たいてい二、三人は、なんでもこなせる素敵《すてき》な子がいた。そんな子たちに、アンは憧《あこが》れた。彼らのようになんでもできれば、自分にはもっといろいろな可能性が生まれるのではないかと羨《うらや》ましかった。

「なんでもできる人が、ぐずぐずしてるなんてもったいない」

「うるさいよ、僕はなんにもしたくないんだよ」

「なんで!?」

苛々《いらいら》した。訊《き》いた口調が、厳しくなった。

なんでもできる可能性のある人が、なぜなにもしないのか。できるのにやらないのは怠《なま》け者だ。自分の能力を使わないなんて、贅沢《ぜいたく》だ。

自分の無力さに泣きたいほどなのに、やりとげなくてはならないことがアンにはある。もし自分がなんでも器用にできる人間ならば、もっとことはうまく運んでいるのかもしれないのに。

「なんでって、やりたくないものはやりたくないんだ！」

「もったいないじゃない!?」

「君みたいな人には、わかんないよ！」

「いい加減にして！」

思わずジョナスの右頬《みぎほお》を、ぴしゃりと平手打ちしていた。

キャシーがきゃっと悲鳴をあげてジョナスの膝《ひざ》から転げ落ち、ジョナスは目をまん丸にして、殴《なぐ》られた右の頬を押さえてアンを見つめる。

「わたしみたいな人ってなに⁉ わたしは頭も良くないし、走るのも遅《おそ》いし、歌も下手《へた》だし、美人じゃないし！ ジョナスに比べたら、わたしのほうがてんでなにもできないわよ！」

ジョナスは右頬を押さえたまま、目を伏《ふ》せた。

「君は……砂糖菓子が作れる……」

「砂糖菓子しか作れない！ でもジョナスはもっといっぱい、出来ることがあるんでしょ⁉」

「でも僕は、君のような砂糖菓子は作れない」

——砂糖菓子？ なんで砂糖菓子のことばかり言うの？

かっとしていた頭が、急に冷静になる。

「もしかして。ジョナスは……砂糖菓子を作りたいの？」

ジョナスは拒絶《きょぜつ》するように固く目を閉じて、強く首をふった。

「言っただろう！ 砂糖菓子はうんざりなんだ！」

「なんでもできるジョナスが、なんで砂糖菓子職人になろうと思ったの？ なんで砂糖菓子を作り始めたの？ 砂糖菓子が作りたいからじゃないの？」

「違うよ！　小さな頃《ころ》から父さんも母さんも砂糖菓子を作ったら、よろこんだんだ。立派な跡《あと》継《つ》ぎになれるって、もしかしたら派閥《はばつ》の偉《えら》い人になれるかもしれないってさ！　僕は得意で。嬉しくて、もっと作りたくなって。だから……！」

「だから好きになったんでしょう？　作りたかったんでしょう？」

その言葉に、ジョナスが目を開く。

「ジョナスは、お父さんとお母さんによろこんでもらって、嬉しくなって。作りたくなって。砂糖菓子を好きになって。それから、ずっと、作りたいから作ってたんでしょう？」

「違うよ！　僕は……！」

強い声でなにかを言いかけて、ジョナスは言葉を詰《つ》まらせた。

「僕は」

突然《とつぜん》、背を丸めて膝を抱いた。抱いた膝に顔を伏せた。震《ふる》える細い声で言った。

「僕は……砂糖菓子を、作りたいよ……」

最初はきっと、作りたいから作っていたのだ。けれど両親の期待や世間の目や、そんなものがどんどん大きくなってきて、ジョナスの気持ちを押しつぶしていたのかもしれない。

キャシーがジョナスをいたわるように、彼の手を優《やさ》しく撫《な》でる。ジョナスの背は小刻みに震え続けていた。

冷たい風が吹《ふ》き抜《ぬ》けた。シャルはその風に誘《さそ》われるように、空に視線を向けている。

「ジョナス」

アンは今一度、言った。

「一緒《いっしょ》に行こうよ。ペイジ工房《こうぼう》へ。ジョナスが来てくれたら、助かるの。ほんとうなの」

ジョナスは涙《なみだ》に濡《ぬ》れた顔をあげた。アンは手をさしだす。

「アン。でも、僕は」

「行こう」

「……アン」

さしだされた手を、ジョナスはためらいがちに握《にぎ》った。汚《よご》れ、ざらつくその手を、アンは強く握りかえし、彼を引っぱりあげて立たせた。

「行こう！」

よろめくように一歩、ジョナスは踏み出した。キャシーが彼の足にまとわりつくようにちょこちょことついてくる。

シャルは肩《かた》をすくめる。彼が言いたいことはわかっている。お節介《せっかい》とか、お人好《ひとよ》しとか、そんなことを言いたいのだろう。

けれどアンだって、そこまでお人好しなわけではない。ジョナスにされてきた数々の仕打ちを思えば、腹も立つ。けれど彼は、アンを助けてくれた。たった一度とは言え、アンのために走ってくれたのだ。そのことはとても感謝している。

あのときジョナスが助けてくれなければ、アンの未来はなかったのだから。

そして今は、感謝ばかりではない。

追い詰められたペイジ工房には、職人が必要なのだ。それが曰《いわ》く因縁《いんねん》があるジョナスだったとしても、そんなことを言っている場合ではない。一人の職人として、彼が必要なのだ。

ここでジョナスに巡《めぐ》り合えたのは、幸運だ。

ペイジ工房には様々な問題があって、災難が降りかかってきている。けれど、まだなにかの力が工房を支えている気がする。わずかな幸運が残っている。

──まだ諦《あきら》めるのは早い。

虚勢《きょせい》でも勢いでもなく、そう思えた。

「おややや〜、ジョナス？」

馬車に近づくと、御者台《ぎょしゃだい》の上でエリオットが、珍獣《ちんじゅう》でも見つけたような顔をした。

ジョナスはいたたまれないように小さく肩をすぼめて、うつむく。

アンは笑顔《えがお》で告げた。

「職人が一人見つかりました。腕《うで》は保証します」

びっくりした顔をしていたエリオットだが、すぐにへにゃりと笑った。

「でかしたよ、アン。これで間に合うかもしれない」

「ジョナス！　休むんじゃねぇ！　きりきり働きやがれ！」

「でも、足が痛くて」

「足が痛てぇだ？　洒落《しゃれ》たことぬかすんじゃねぇ、へなちょこ！　やれっていったら、やれ！」

「は、はい」


へろへろになりながら石臼《いしうす》を動かすジョナスの隣《となり》で、キャットが喚《わめ》いて彼の監督《かんとく》をしていた。

ペイジ工房にやってきたジョナスには、エリオットの提案で、キャットが作業指導をすることになったのだ。

キャットはめんどくさいだのなんだのと、最初は嫌《いや》がるそぶりをした。が、仕事を始めると結局、熱心にあれこれと指導する。

「指導熱心なのは結構なことですけど、うるさいですよね彼。エリオットとはまた別の意味で、格別にうるさいです」

石臼を動かしているヴァレンタインがげんなりして言うと、キングも眉《まゆ》をひそめる。

「キャットは常に怒《おこ》ってるぜ。あれでよく、頭の血管とか切れないでいられるぜ」

碾《ひ》き終わった銀砂糖を樽《たる》に移していたナディールが、一緒に作業をしていたミスリルに話しかけた。

「でもキャットさんってさ、なんだか可愛《かわい》いよね。そう思わない？」

「おまえ、それ。可愛いって言葉の意味わかってるか？」

ミスリルは、気持ち悪そうに返事した。近くで聞いていたキングとヴァレンタインも、まずいものを食べたような妙《みよう》な顔をする。

「だってさ、一生懸命《いっしょうけんめい》じゃん。可愛いよ。キャットさん」

「誰《だれ》だ!?　いま、俺のあだ名に『さん』づけした奴《やつ》!?」

耳ざといキャットがきっと周囲を見回すと、ナディールがけろりとして手をあげる。

「あ、俺」

「またてめぇか、ナディール。言って聞かせてるよな!?　さんづけするんじゃねぇ！」

「いいじゃない。キャットなんて呼ぶよりも、キャットさんのほうが、可愛いよ」

「可愛い!?　可愛いなんぞ言われたのは五歳の時以来だ！　ふざけてんのか！」

「じゃ、二十年ぶりくらいじゃない？　よかったじゃん」

ひとかけらも悪気がないナディールに、さすがのキャットが絶句した。

「最強だな。あいつは」

部屋の出入り口からその様子を見ていたシャルは、感心した。

隣に立ったアンもしみじみ頷《うなず》く。

「うん。そうかも」

聖ルイストンベル教会にアンとエリオットが呼び出されてから、四日目。

銀砂糖はすべて乾燥《かんそう》させ終わっていた。乾燥させた銀砂糖もほとんど碾き終わり、あと二樽分ほど碾けば、すべての銀砂糖が使える状態になる。

当初考えていた日程より、三日も早い。

職人たちにも明るさが戻《もど》っていた。オーランドの怪我《けが》も順調に回復している。

キャットにどやされまくっているジョナスだったが、彼の働きも確実に戦力になっていた。

「すごい汗《あせ》ね、ジョナス」

アンがジョナスに声をかけると、彼はふんと鼻を鳴らした。

「僕は君なんかと違《ちが》って、足りない頭を体力で補うタイプじゃないからね」

「ま、ね。ほんとうのことだけど」

相変わらずの物言いにアンは、ははは と乾《かわ》いた笑いを返した。

ミスリルがきっとジョナスをふり返り、一気に跳躍《ちょうやく》してその後ろ頭をぱちんとひっぱたいた。

「アンに向かって、ほんとのことをずけずけ言うな！」

「とどめを刺《さ》された気もするけど……まあ……気にしない……」

微妙《びみょう》に引きつった笑顔でアンは作業場の中に入った。そして職人たちが碾き終わった銀砂糖の量を確認《かくにん》し始める。

シャルは廊下《ろうか》の窓辺にもたれて、外の景色に目をやった。

雲が低くて厚い。今にも雪が降りそうだ。今夜あたり初雪が降り、朝の庭をうっすら白く化粧《けしょう》するかもしれない。もう初冬だ。

──ラファルが来ない。

正体を現して逃走《とうそう》して以降、ラファルの気配はみじんも感じられない。それに安堵《あんど》すると同時に、不気味さも感じていた。

戦うことができないほど弱っていたラファルは、砂糖菓子で一気に力を取り戻した。砂糖菓子の力を実感した彼が、銀砂糖師を手に入れることを諦めるとは思えない。

そしてシャルを仲間に引き入れることも、諦めないだろう。

ともにあるべき者だ。幾度《いくど》もそう言っていた。

シャルですらラファルのほんとうの名を聞いたとき、言葉には表しにくい感慨《かんがい》を抱《いだ》いた。自分とごく近い存在に、理性ではなく体の内側がざわざわと反応するようだった。

──もし、アンと出会う前なら。

アンの存在がなければ、シャルはなんのためらいもなく、ラファルとともに行ったかもしれない。人間たちの世界から遠ざかり、彼とともに何をしただろうか？

平然と人間たちを襲《おそ》っていたかもしれない。

そんな自分が今ここにこうして人間たちといるのは、アンの存在があるからだ。ここに集《つど》う人間たちは嫌《きら》いではない。そう思えるようになったのは、大きな変化だ。

アンと出会う前は、リズ以外の人間という生き物は、忌々《いまいま》しいだけの存在だった。

部屋の中から、石の器《うつわ》を手にしたアンが駆《か》け出してきた。

「ねぇ、シャル。この銀砂糖！　舐《な》めてみて。今、ミスリル・リッド・ポッドにも確認してもらったんだけど、質があがってない!?　試《ため》して」

石の器の中には、今、碾き終わったばかりの銀砂糖が入れられていた。促《うなが》されるままに、シャルは指先に銀砂糖をほんの少しつけてみた。すうっと、指先に染《し》みこむように溶《と》ける。

ふわりとした甘みを、喉《のど》に感じる。

「おまえが精製する銀砂糖に似てる」

アンは目をきらきらさせた。

「やっぱり！　乾燥させて碾く工程を繰《く》り返したから、余分なものが抜《ぬ》けて質があがったんだ！」

あまりにも嬉《うれ》しそうな顔をするので、おかしくなる。銀砂糖のこと、砂糖菓子のことになると、アンは夢中になる。それを眺《なが》めているのは楽しい。

キャットが碾き終わった銀砂糖に触《ふ》れながら、頷く。

「これなら、砂糖菓子のできあがりにも差ができる。この質感なら、練りあがりの艶《つや》がいい」

アンは職人たちみんなと、嬉しげに顔を見合わせた。ジョナスも疲《つか》れた様子ながら、ほっとしたように微笑《ほほえ》む。

その時だった。

ふいに背筋がぞっとした。

――この気配!?

小ホールへ続く方向へ視線を向けた。

まっすぐな廊下の先に、エリオットがいた。無言だ。強《こわ》ばった表情で、青い顔をしている。

「コリンズさん?」

アンもエリオットの存在に気がつき、その様子のおかしさに首を傾《かし》げる。

「……まいったよ」

エリオットは表情を変えずに、淡々《たんたん》と言った。

「あいつが来た」

シャルの体の奥がざわつく。羽が緊張《きんちょう》し張りつめる。

そして気がついた。強ばった表情のエリオットの首に、細い銀赤の糸のようなものが何重にも絡《から》みついている。

「来たか? ラファルが」

問うと、エリオットは小さく頷いた。アンが顔色を変えた。

部屋の中にいた職人たちも異変に気がつき、廊下に出てきた。そして絶句する。

「奴はどこにいるエリオット。首に巻きついてるそれを、どこから操《あやつ》っている」

右掌に意識を集中する。周囲から光の粒《つぶ》が集まり、凝縮《ぎょうしゅく》し、白銀の剣《けん》になる。

エリオットの首に絡みつく銀赤の糸の端《はし》は、廊下を抜け小ホールの方へ続いている。

「庭だ。後ろから襲ってきた」

額にうっすらと汗をにじませ、それでも冷静にエリオットは答えた。

窓から外をちらりと見やる。いつの間に現れたのか、庭の中央に赤い髪《かみ》の妖精《ようせい》がいた。優雅《ゆうが》な立ち姿で、手に銀赤の糸を束にして構え持ち、微笑んでいた。シャルの存在と視線に気がついたらしく、笑《え》みを深くする。背に流れる一枚の羽が、揺《ゆ》らめくように赤みを増す。

「エリオット!?」

キャットが踏《ふ》み出そうとした。

「待て!」

シャルが手を横にあげてキャットを制止した瞬間《しゅんかん》、エリオットが呻《うめ》いた。つっと、彼の首筋に薄《うす》い傷が走り血がにじむ。キャットも顔色をなくす。

職人たちがうろたえたように、数歩後退《あとずさ》る。下手《へた》な手出しは、状況《じょうきょう》を悪くするだけだ。

「エリオット。奴からの伝言があるはずだ。言え」

シャルが問うと、エリオットは苦しそうに顔をゆがめた。

「言えない」

次の瞬間、またエリオットは呻いた。首の傷がさらに深くなったらしく、どっと流れる血の量が多くなりシャツの襟《えり》を濡《ぬ》らす。

首に巻きつけられたあの銀赤の刃《やいば》には、こちらの物音を伝える役目もあるのだろう。会話はラファルに筒抜《つつぬ》けだ。

「言え、エリオット。なにを言われたにしろ心配するな。俺がなんとかする。信じろ。言え。今、長《おさ》代理の身になにかがあれば、職人たちの仕事は完全に止まる」

耐《た》えるように目を閉じて、エリオットはようやく口を開く。

「アンをよこせ。かわりに俺は解放する。そう言った」

呆然《ぼうぜん》と突《つ》っ立っていたアンは、その言葉に恐怖《きょうふ》を感じたように目を見開く。が、すぐに唇《くちびる》を噛《か》みしめる。

「わたしなのね」

呟《つぶや》くと、ためらいがちに数歩、エリオットの方へ踏み出した。

シャルは焦《あせ》って、その手を握《にぎ》った。

「どうするつもりだ」

「わたしが行かなきゃ。そうしなきゃ、コリンズさんが危ない。もしラファルが砂糖菓子を作る銀砂糖師を欲しがっているなら大丈夫《だいじょうぶ》よ。殺されることはないと思う。行く」

アンの言葉を待っていたかのように、エリオットの背後からひゅっと空気を裂《さ》く音がした。

もう一本、別の銀赤の糸がアンめがけて飛来した。

とっさにシャルはアンの前に出て、剣をふるいそれを叩《たた》き落とした。糸の先が切れ、跳《は》ね上がった先端《せんたん》が天井《てんじょう》近くで赤い光の粒になって散った。

が、それと同時にエリオットが大きく声をあげた。

エリオットの首に巻きつく銀赤の糸が、さらに深くエリオットの首を傷つけていた。

「やめて!」

アンは悲鳴をあげてシャルの前に出た。それを待っていたかのように、先端を斬《き》られた銀赤の糸が空中でうねりアンの首に巻きついた。

「ラファル!」

怒《いか》りのあまり、シャルは声をあげた。

周囲から触手《しょくしゅ》を伸《の》ばすようにして襲いかかり、シャルの動きを封《ふう》じて、がんじがらめにする卑劣《ひれつ》さが許せなかった。

シャルの怒りの声に反応したように、エリオットの首に巻きついていた銀赤の糸がするりととける。エリオットはその場に崩《くず》れるように膝《ひざ》をつく。

ほら、約束は守っただろう?

薄ら笑いで言うラファルの声が聞こえる気がする。

「シャル!?」

アンが悲鳴のような声をあげた。首に巻きついた銀赤の糸に引っぱられ、彼女はたたらを踏むようによろめいたが、そのまま早足で歩きだした。

首に結ばれた紐《ひも》で引かれる犬のようだ。嫌々《いやいや》しながらも、足を進める。

屈辱《くつじょく》的な姿に、さらに怒りがたぎる。

アンを連れて行くつもりなのは、わかりきっていた。

先回りするために、シャルは廊下《ろうか》の窓を開けて飛び降りた。

軽く羽を羽ばたかせてふわりと体を浮《う》かすが、いかんせん片羽だ。地面に膝をついてバランスをとって着地した。すぐさま立ちあがると、アンが玄関《げんかん》から出てきたところだった。

「止まれ。シャル」

柔《やわ》らかなラファルの声が庭に響《ひび》いた。

「動くな。アンはわたしの手にある。滅多《めった》な真似《まね》はするな。身に危険を感じれば、彼女の首を落とす。銀砂糖師を殺すのは惜《お》しいが、かわりの銀砂糖師を探せばいいだけだ。けれどおまえは、ちがうだろう？　この娘《むすめ》でなければならないはずだ」

銀赤の色彩《しきさい》をまとっていても、全体が曖昧《あいまい》にけぶるような柔らかな印象は変わらない。赤々と燃えるのに実体も熱もない炎《ほのお》のようで、美しいが不気味でもあった。

ラファルは、かなりの距離《きょり》をあけて対峙《たいじ》している。自分に有利な距離以上に、シャルを近づけさせないつもりらしい。

その間にもアンはラファルの方へ引かれていき、ついには彼の腕《うで》の中に抱き留《だと》められる。

アンは小さく悲鳴をあげたが、その体を背後から包むように抱く。そして見せつけるように、髪に頬《ほお》に首筋に口づけた。彼女は蒼白《そうはく》になって、体を強ばらせている。

剣を握る手が震《ふる》えた。

「ラファル。貴様」

ラファルが軽く口笛を吹《ふ》くと、丘《おか》を降りる坂の下から二頭の馬が駆《か》けあがってきた。一頭は馬体が金に輝《かがや》くような月毛、もう一頭は闇《やみ》のような青毛だ。

ラファルはアンを抱いたまま、自分の隣《となり》に立ち止まった月毛馬の背に、軽々と飛び乗った。

「手にある剣を消して、ゆっくりとこちらに来い。銀砂糖師は目と腕さえあれば問題ない。ぐずぐずしていたら、苛々《いらいら》したわたしが、アンの足を片方落としてしまうかもしれない」

アンの首にはまだ、銀赤の糸が絡みついていた。それがしゅるりと動くような気配を見せる。

すぐさまシャルは、手を振《ふ》って剣を光の粒に変えて消した。ゆっくりとラファルに近づく。

馬上からシャルを見下ろし、ラファルは微笑む。

「羽をもらう」

シャルは言われるままに内ポケットを探《さぐ》り、そこから羽の入った袋《ふくろ》を取り出した。

「シャルの羽を取れ、アン」

命じられ、アンは身をかがめて手を伸ばした。受け取りのために指が触《ふ》れると、アンは泣き

そうな顔をした。その手に押しつけるようにしてシャルは小袋《こぶくろ》を渡《わた》した。

「シャル……羽は……」

「心配するな」

指先を震わせながらアンは上体を起こした。その手からラファルは、袋をもぎとった。そしていきなり力任せに握った。

全身がよじれるような激痛が走り、シャルは歯を食いしばりよろめいた。

アンが口元を覆《おお》って悲鳴をあげる。

ラファルは満足そうに頷《うなず》いた。

「確かにおまえの羽だな」

袋を上衣《うわぎ》の内側に入れると、ラファルは柔らかな声で命じた。

「あちらの馬に乗れ。シャル、おまえのために用意した馬だ。美しい青毛だろう?」

従うしかなかった。手も足も出ない。守るべき者があるシャルは、狡猾《こうかつ》な相手と戦えば必然的に不利になる。シャルは青毛馬の背に乗った。

「ついてこい」

言うが早いか、ラファルは馬の腹を蹴《け》った。驚《おどろ》いた馬が前足をあげていなないたのを簡単に御《ぎょ》して、一気に駆け出した。シャルも馬の腹を蹴った。

——守らなければならない。アンだけは。

先を走り出した月毛馬を追った。


誰《だれ》一人、その場から動けなかった。みんな窓から庭を見ていた。

「アンが……」

ジョナスが呆然と呟いたが、誰もどうすることもできずに、ラファルとともにアンとシャルが去るのを見送るしかなかった。

窓辺に仁王《におう》立ちしていたミスリル・リッド・ポッドは、震えていた。両の拳《こぶし》を握り、怒りをこらえるようにして二頭の馬が駆け去った方を見つめている。

「どうなった……」

廊下に膝をついていたエリオットが、首の傷を押さえながらかすれた声で訊《き》いた。その声でようやくキャットが正気づいたように、エリオットに駆け寄った。

「エリオット。大丈夫か」

「アンは、どうなった」

「あの赤い妖精《ようせい》が、連れて行っちまった……シャルも一緒《いっしょ》に」

首からじわじわと出血してシャツの肩《かた》あたりまでが血に染まっていたが、エリオットはそれにかまわずキャットの腕を血に濡《ぬ》れた手で摑《つか》んだ。

「キャット、銀砂糖子爵に、銀砂糖師を狙《ねら》う危険な妖精が出たと通報しろ！　街道《かいどう》で何人もの職人を襲《おそ》った奴《やつ》だと言え。そいつに銀砂糖師がさらわれた。兵士を動かして退治しなければ、もっと被《ひ》害《がい》が出る！　そう伝えろ、今すぐいけ、早く!!」

銀砂糖子爵は、砂糖菓子職人全体を統括《とうかつ》する存在だ。そしてその職人たち全員の庇護《ひご》者でもあるのだ。

ぴょんと、ミスリルが窓枠《まどわく》から飛び降り、さらに跳躍《ちょうやく》してキャットの肩のうえに乗った。

「キャット。行こう！」

銀砂糖子爵には、城と身辺の警護のためだけに、最小限の兵士しか与《あた》えられていない。もし兵力が必要な事態になった時は、銀砂糖子爵の後見であるダウニング伯爵《はくしゃく》が、銀砂糖子爵の要《よう》請《せい》に応《こた》えてまとまった数の軍隊を動かすのだ。ダウニング伯爵はダウニング家の家臣団の他《ほか》に、国王の兵である王国軍の一部を動かす権利を有している。

砂糖菓子職人の庇護者である銀砂糖子爵に、助けを求めるべき時なのは間違《まちが》いなかった。彼が必要と判断し、ダウニング伯爵も認めれば、大きな力が動くのだ。

キャットも頷く。

「わかった」

四章　妖精と人と

あたりが闇に沈《しず》む頃《ころ》、雪がちらちら降り出した。

ラファルに抱《かか》えられるようにして、アンは馬の上でずっと震えていた。アンの腰《こし》を捕《と》らえている腕や、背中に感じるラファルの体は、まるで鋼《はがね》のように冷たい。妖精だから当然なのだろうが、シャルと一緒に馬に乗ったときは、これほど冷たいと思わなかった。

首に巻かれた赤い糸の刃《やいば》は、途中《とちゅう》でラファルが消した。けれど冷たい感触《かんしょく》は、恐怖《きょうふ》とともに残る。怖《こわ》くて、寒かった。

ケープもなく馬上で風にさらされていると、肩や腕や足が冷え切って、体の芯《しん》から震えた。ラファルが操《あやつ》る月毛馬に少し遅《おく》れるように、シャルが乗る青毛馬がついてくる。彼の姿を確《かく》認《にん》したかったが、寒さと恐怖で、思うように体が動かない。

馬はルイストンから西に向けて駆けた。そして主要な道をはずれて、荒野《こうや》へと踏《ふ》みこんでいた。ひゅうひゅうと風が吹き、周囲に家のある気配もなければ、畑もない。ほとんど人が立ち入らない場所らしいとわかり、ここがどこか見当がついた。

――ブラディ街道のはずれ……。

ブラディ街道は王国西部からルイストンへ抜《ぬ》けるための街道だ。一年と数ヶ月前、アンはシャルとミスリルとともに旅をした。

街道の周囲は土地が痩《や》せていて、人が住み着かない。野獣《やじゅう》が多く、また盗賊《とうぞく》のたぐいも潜《ひそ》んでいる。ブラディ街道すら危険なのに、その街道を外れて荒野に踏みこむのは自殺行為《こうい》だ。

しかしラファルは迷いなく馬を進めていた。

渡る風が、枯《か》れ草を揺《ゆ》らしてざわざわと大地全体が騒《さわ》ぐ。

日が沈み、雪がちらつき、寒さがいっそうきつくなる。体が冷え切って、かちかちと歯が鳴る。それに気がついたらしく、ラファルがくすりと笑った。

「どうした。寒いか？　可哀相《かわいそう》に」

楽しげに言うと、震えるアンの耳元で囁《ささや》いた。

「悪いな、アン。しかし見ろ。もう到着《とうちゃく》した」

空は藍色《あいいろ》に染まっていた。その中に黒い山脈が浮《う》きあがり、それを背に負うようにして、さらに黒い影《かげ》が佇《たたず》んでいる。大きな四角の石を整然と積み重ねた、無骨な城砦《じょうさい》だった。小さな窓が壁面《へきめん》に並んでいたが、その中の幾《いく》つかには明かりが灯《とも》っていた。

二頭の馬は一気に城砦まで駆けた。

城砦の出入り口は、石のアーチになっている。アーチをふさぐ扉《とびら》は破壊《はかい》されたらしく、出入りを妨《さまた》げるものはない。

城壁《じょうへき》にもアーチにも、枯れた蔦《つた》が這《は》っている。中に入ると外郭《がいかく》とおぼしき場所のあちこちで細い雑木や藪《やぶ》が冬枯《ふゆが》れている。うち捨てられて、何十年も経《た》った城砦のようだった。

ラファルは馬をとめると、するりとその背から下りた。そしてアンを抱《だ》きかかえるようにして、馬から下ろした。

シャルも馬から下りると、ラファルに近寄ってきた。

「ここまで来れば、文句はないはずだ。アンを放せ。アンはこの場所から一人で逃《に》げられない。俺の羽も、おまえの手にある。どうすることもできない」

真正面から見すえる黒い瞳《ひとみ》を、ラファルは嬉《うれ》しくてたまらないように見ている。いつの間にか彼の髪《かみ》の色は、見慣れた緑と青をミルクに溶《と》かしたような曖昧《あいまい》な色に戻《もど》っていた。

目をそらさないシャルに根負けしたように、ラファルは冗談《じょうだん》っぽく肩をすくめた。

「もっと意地悪をしたいところだが、取り返しがつかないほどおまえを怒《おこ》らせそうだ」

ラファルはアンの背を軽く押した。押し出されたアンは、そのままシャルの胸の中に抱きとめられた。その瞬間《しゅんかん》、シャルがぎょっとしたような顔をする。

「どうした？」

体の震《ふる》えも、歯が鳴るのもとめられない。シャルが焦《あせ》ったように、強くアンの体を抱く。

「ラファル。部屋を貸せ。暖炉《だんろ》のある部屋だ。火をおこし、こいつの体を温める」

「ご案内申しあげよう」

ラファルが周囲に視線を向ける。と、柱の陰《かげ》や、中郭へと続く出入り口、冬枯れの細い雑木の茂《しげ》みから、黒く大きな人影《ひとかげ》がぞろりぞろりと、いくつも現れた。

シャルが眉《まゆ》をひそめる。

アンとシャルを取り囲んだのは、太い腕《うで》と首の、岩のように屈強《くっきょう》な妖精たちだった。二十人ばかりいるだろうか。アンが昔から時々目にしていた戦士妖精は、ちょうどこんな感じの妖精ばかりだった。

「彼らが案内する」

戦士妖精たちは無表情だった。

彼らに囲まれるようにして促《うなが》され、シャルはアンの肩を抱いて歩き出した。なんとか歩くことはできたが、一歩ごとに膝《ひざ》がひどく震えた。

戦士妖精たちがアンとシャルを連れて行ったのは、城砦の最上階の一室だった。

頭が一つ出るくらいの小さな窓が高い位置にあり、木の戸がつけられている。石がむき出しの壁《かべ》と床《ゆか》。暖炉はあるが長い間使った形跡《けいせき》はない。暖炉の前の石床には厚手の敷物《しきもの》が敷《し》かれていたが、それもすり切れ色あせている。

「ここで待て。すぐに帰ってくる」

敷物のうえにアンを座らせると、シャルは部屋を出て行った。

部屋は暗く寒く、心細い。両肩《りょうかた》を抱くが、震えは止まらない。

程《ほど》なくして、シャルが帰ってきた。彼の姿を見ただけで、安堵《あんど》で涙《なみだ》ぐんでしまいそうだった。

シャルはランプや毛布、薪《まき》などいろいろなものを持って来た。

シャルはランプに明かりを灯した。それから毛布をアンの体に巻きつけて、薪を暖炉に放《ほう》りこみ火をおこした。それらのことをこなすシャルを、アンはどこかぼうっとして眺《なが》めていた。

ここのところずっと、アンは自分の能力の限界ぎりぎりで仕事をしていた。気持ちの浮き沈みも激しく、心配事が常に山積していた。

そのうえ、こうやってラファルにさらわれた。寒さと疲《つか》れと恐怖と、そんなものがどっと押し寄せ、頭の中でなにかがぷつりと切れてしまったように、虚脱《きょだつ》状態だった。

暖炉の炎《ほのお》が勢いよく燃えだすと、肌《はだ》がじんわりと温かくなる。だが体の芯の寒さだけは、凍《こお》りついたようになかなか去らない。シャルはアンの後ろに座り、背中から抱いてくれた。

「もたれろ」

シャルはアンの額を軽く押して、自分の胸に頭をつけさせた。背中に当たるシャルの体も、額に触《ふ》れた指も冷たい。妖精の体温だ。

けれどラファルの体のように、触れた場所から冷たさが体に染《し》みこむような、鋼の冷たさではない。なめらかな陶器《とうき》に触れるような感じがする。どこか柔《やわ》らかくて、こちらの体温がじわりと相手にも伝わる気がする。

「寒い」

シャルに抱かれてほっとしたのだろう。ようやくまともに、言葉が出た。

「人間のように、俺の肌が温かければ良かった」

シャルは言いながらアンの右手を取りあげて、そこに息を吹《ふ》きかけた。

妖精《ようせい》の肌は冷たいが、彼らの羽と吐息《といき》だけは、なぜかほんのり暖かい。命の暖かみが、そこからあふれてくるのだろうか。シャルは自分の吐息が、人間にとって暖かいとわかっている。以前もこうやって指を温めてくれたことがあった。

右手にしばらく息を吹きかけると、次に左手を取り息を吹きかける。

頭の動きは鈍《にぶ》くてぼんやりしていたが、ラファルに襲《おそ》われた時のことが頭の中で途切《とぎ》れ途切れに浮かんで消える。

エリオットは大丈夫《だいじょうぶ》だったのだろうか。仕事は今、どうなっているのだろうか。アンが抜けて、また作業に遅れが出るのではないだろうか。そしてシャルの羽は。

「シャル……。シャルの羽が」

アンはぼんやりしながらも、胸が痛くて、悔《くや》しかった。

せっかく取り戻した彼の羽が、また誰《だれ》かの手に渡《わた》る。しかも人間ではなく、同じ妖精のラファルがどうしてそんなむごい真似《まね》をするのか信じられない。

「気にするな。今は考えるな」

シャルの声は穏《おだ》やかで優《やさ》しい。

「疲れているはずだ。ちょうどいい、なにも考えずに眠《ねむ》れ。明日は仕事がない」

その言葉にあやされるように、アンは目を閉じた。気力も体力も限界だ。眠りたかった。


腕のなかで眠ったアンの重みに、ほっとする。状況《じょうきょう》は最悪だが、とりあえずアンは無事だ。

シャルの胸に頭を預けて眠ったアンの首筋が、目の前にあった。そこにラファルが口づけた。そこだけでない。髪や頬《ほお》にも。

以前、アンの頬にラファルが手を触れたのとは、比べものにならないほど不愉快《ふゆかい》だ。

ラファルが口づけた髪を清めるように、同じ場所に口づけた。すこし長く。そこから頬に唇《くちびる》を移し、そこにも長く口づける。そして最後に首筋に強く口づけた。何度も。

「……んん」

アンがむずかるように身じろぎしたので、はっとした。

衝動《しょうどう》を自覚する。シャルを信頼《しんらい》して安心しきって身を任せて眠っているアンに、何をしようとしていたのだろうか。

理性を取り戻し、昔、幼いリズにしていたのと同じように髪を撫《な》でた。

しばらくそうしていると、扉の外で複数の気配と物音がした。

「おや、眠ったのか?」

扉《とびら》を開いて姿を現したのはラファルだった。そのあとから数人の戦士妖精が、簡素な作りのベッドを運びこんできた。彼らは部屋の隅《すみ》にベッドを置くと、出て行った。

戦士妖精たちを見送ったラファルが、悪びれずに言う。

「わたしは人間に気を遣《つか》う習慣がない。おまえの可愛《かわい》い銀砂糖師に、暖かいベッドが必要だということに気がつかなかった」

ベッドには厚手のマットレスが敷かれ、毛布が数枚と上掛《うわが》けがある。石の床のうえにいるよりは暖かいはずだ。シャルは無言でアンを抱きあげ、彼女の体をベッドに移した。

「炎は、美しい。人間たちが家の中で火を燃やしているのを見て、最初は装飾《そうしょく》として利用しているのかと思った。しかしこれが必要なものなのだと知って、驚《おどろ》いた。人間とは弱い生き物だな。姿は我々と似ているが、あまりにも違《ちが》う。人間はそもそも野蛮《やばん》な生き物で、醜《みにく》く知恵《ちえ》も力もない獣《けもの》だった。その獣が我々に憧《あこが》れ、憧れのあまり我々に似た姿に変化し、知恵を持ち始めたんだからな。我々の創世記にあった記述だ。知っていたか?」

ラファルは暖炉の前に立ち、炎を見つめていた。彼の羽は炎の明かりを受けて、薄《うす》い朱《しゅ》とオレンジが混ざり合ったようにてらてらと光る。

アンを寝《ね》かせると暖炉の前へ戻り、かがみこんで薪を炎に放りこんだ。ラファルには視線も向けなかった。

「無駄《むだ》は聞きたくない。用が済んだなら、出て行け」

「おまえの部屋は別に用意したんだがな、シャル。こんな粗末《そまつ》な部屋ではない。おまえは、わたしとともにあるべき者だ。粗略《そりゃく》な扱《あつか》いはしない」

あまりに馬鹿《ばか》げた言い分に、くっとシャルは笑った。

「粗略な扱いをしない？　ふざけているのか？　俺の羽を握《にぎ》っておいて、よくそんなことが言える」

「おまえがわたしとともにある者だと認め、わたしと生きる覚悟《かくご》ができているのであれば、すぐにでも返してやりたいが。残念なことにそうではなさそうだからな」

「わかっているなら出て行け。目障《めざわ》りだ。俺はこいつのそばを離《はな》れる気はない」

「よほどお気に入りのようだな、あの銀砂糖師が。確かに、髪や肌から銀砂糖の香《かお》りがして、そそられないでもないが」

きびすを返し、ラファルはベッドに向かった。眠るアンを見下ろしてうっすら笑い、

「抱《だ》いてみたら、おまえが執着《しゅうちゃく》するよさがわかるか？」

ゆっくりとアンの方へ手を伸《の》ばそうとした。

「触れるな！」

立ち上がり駆《か》け寄り、背後からラファルの右手首を掴《つか》んだ。ラファルが声をあげて笑った。

「冗談《じょうだん》だよ！　シャル！」

そう言いながらふり返りざま、左手でシャルのもう一方の手を摑んだ。腕を摑んで組み合うようになり、互《たが》いに互いをいましめ、拮抗《きっこう》する力で動けなくなった。

「放せ、冗談だと言っただろう」

「冗談だろうが、許さない。アンに手を出すな。なにかすれば、おまえを斬《き》る」

歯がみして、睨《にら》み合う。

「おまえの羽を持っているわたしを斬れるか？　一緒《いっしょ》に自分の羽を斬ってしまいかねないぞ」

「おまえを斬れるなら、一緒に斬るまでだ」

「そこまでご執心《しゅうしん》か。しかしシャル。我々は人間と違う。いくらアンに愛着を持っても、お互いに不幸になるだけだぞ」

卑劣漢《ひれっかん》がわけしり顔で言うのが、我慢《がまん》ならなかった。

「おまえになにがわかる」

「冷静な分だけ、おまえよりはわかるよ。もしおまえとアンが愛しあったとして、なんになる？　おまえはいいかもしれないな。アンの寿命《じゅみょう》が尽《つ》きるまで、慰《なぐさ》めを求められる。しかしアンは人間として子孫を残すこともなく、おまえの慰めの相手として終わる。あとにはなにも残せない。それを人間として、アンは喜ぶのかな？」

薄ら笑いで告げるラファルの言葉に、シャルは表情をなくした。

力の均衡《きんこう》がわずかに崩《くず》れ、壁際《かべぎわ》に、じりじりと押される。

ラドクリフ工房《こうぼう》で、笑顔《えがお》でキースと向き合っていたアンを見たときから感じていた。人は人として、人のなかで生きるのが最も自然で、幸せなのかもしれないと。しかしそう思っていながらも、彼女を手放しがたい気持ちは強くなる一方で、どうしようもなかった。

「ともに生きる相手として、妖精同士、人間同士。それが一番自然だ。おまえが、アンを不幸にするぞ」

シャルの気持ちの揺《ゆ》れを見逃《みのが》さず、ラファルはさらに言葉を重ねる。

「最後の妖精王リゼルバ・シリル・サッシュは人間とわかり合おうとした。しかし結局、人間王セドリックと戦った。彼らが戦った事実が、妖精と人間が相容《あいい》れない証《あかし》だ。そしてわたしとおまえは、その相容れぬもののために死んだリゼルバの遺志を継《つ》ぐべき者だ」

戯言《たわごと》にしか聞こえなかった。不愉快さに眉《まゆ》をひそめると、ラファルは薄ら笑いを消した。

「我々が生まれた貴石は、朽《く》ちた剣《けん》の柄《つか》にはめこまれていた。わたしは生まれた瞬間《しゅんかん》から、あの剣が誰のものなのか疑問に思った。だからあの剣の持ち主と礼拝堂の意味を調べた。百年前は戦乱期だ。今ほど人間どもも統制が進んでいなかった。古い城や教会へ行くと、妖精の残した文章がそこここで見られた。古代ハイランディア文字と呼ばれているのは、人間は認めようとしないが、妖精の作った文字だ。そしてわかったのは、あの剣を持っていたのは最後の妖精王リゼルバだということだ。オパール、黒曜石、金剛石《ダイヤモンド》。いずれも種類に統一性はないが、石の持つエネルギーの響《ひび》きが似ていた。意図的に三つの石は選ばれていた。そしてそれを選んだのもリゼルバ」

「伝説で語られる容姿からは、妖精《ようせい》王は紅玉石だったとわかる。貴石の妖精は、自ら刃《やいば》を作りふるったはずだ。そのリゼルバが剣を持つ必要はない」

「戦うためには必要ない。しかしいずれ長い寿命が尽きたとき、次代の妖精王を残しておかなければならないだろう？　だから妖精王は必要のない剣を身につけ、そこに次代の妖精王を生むべき石をはめこんだ。妖精王にふさわしいと思われる、似た響きの三つの石に、次代を託《たく》そうとした。三つのいずれか一つ、もしくは三つともでもいい。そこから妖精王にふさわしい命が生まれるのを望んでいた。しかしリゼルバは人間との戦いに破れた。そしてその剣は、人間王セドリックの手に渡《わた》った。セドリックはリゼルバの亡骸《なきがら》のかわりに、礼拝堂に剣を納めリゼルバを弔《とむら》った」

「証拠《しょうこ》はない」

「ならなぜわたしは、リゼルバ・シリル・サッシュの名を、生まれた時から知っている？　おまえも知っているはずだ。シャル」

妖精たちは、自らが生まれ出るもとになったものが見聞きしたことは、なんとなく理解できるようにはなっている。

シャルも生まれたときには、人間は警戒《けいかい》するべき相手だということを知っていた。

世界には昼と夜があり、四季があり、雨が降り雪が降る。空には星がある。それもなんとなく知っていた。鳥がいて虫がいて、動物たちがいるのもなんとなく知っていた。

しかし固有名詞で記憶《きおく》にあるのは、リゼルバ・シリル・サッシュの名前のみだ。

自分の生まれた黒曜石の隣《となり》にあったオパールの響きすら、確固たる名前として認識《にんしき》はできなかった。ラファルの名を聞いて、はじめて、その響きから生まれた名だと理解できる程度なのだ。

一つの名を生まれる前の記憶として持っている意味は、果たしてなんだろうか。

よほど身近にあった名か。もしくは黒曜石とオパールを準備した者が、意図して記憶に残るほどの手を尽くしたのだろうか？

「あの礼拝堂を守っていた人間の一族は、人間王セドリックの末裔《まつえい》、ミルズランド家の傍流《ぼうりゅう》ローウェル家だ。ローウェル家に生まれた二番目の姫《ひめ》は、代々礼拝堂を守り生涯《しょうがい》を過ごすと決められていた。その姫に与《あた》えられる呼称《こしょう》を知っているだろう？　シャル。おまえはその姫のもとで過ごしていたらしいからな」

リズは荒野《こうや》の城に、幼い頃《ころ》から住んでいた。ローウェル家の二番目の姫として生を受けた彼女は、特殊《とくしゅ》な役目があり、その城で生涯過ごすことになっていた。

その役目の意味は本人には知らされない。ただそこに住むことが、役目と教えられていた。

しかし城の外からリズに対して様々な手紙が来るときは、必ずリズの名前の前に、ある言葉が記されていた。

「……妖精の封印《ふういん》」

妖精の封印エリザベス・ローウェル、と。

「人間王はあの剣を弔った。しかし後の世の人間たちは、あの剣の柄にはめこまれた貴石から、妖精王が生まれることを恐《おそ》れた。しかしセドリックの造った礼拝堂だ。むやみに手出しができない。そこで誰《だれ》も近寄らないように見張りの城を建て、身分のある者を住まわせた。そこまで用心したのに、わたしは生まれた。暗闇《くらやみ》でも目の利《き》く月鷲《つきわし》が、あの礼拝堂に迷いこんでオパールを見つめたからだ。偶然《ぐうぜん》だった。いや……妖精王の遺志が生んだ、必然かもしれない。我々は、生き物の視線がなければ生まれない。あの暗闇では、夜目の利く生き物か明かりを灯《とも》す誰かが見つめない限り、おまえも生まれないはずだった。だから安心していたのに、おまえはわたしが帰る前に生まれ、消えていた」

おそらく礼拝堂へ行くことは、リズも禁じられていたはずだ。けれど好奇心《こうきしん》いっぱいの五歳の女の子は、探検に繰《く》り出した。そしてそこで黒曜石の輝《かがや》きに魅《み》せられ、度々訪《たびたびおとず》れるようになったのだろう。

――リゼルバ・シリル・サッシュが？

幻《まぼろし》が実体を持って、目の前に立ちはだかったようだった。

五百年前に生きた妖精王が、シャルやラファルを生まれるべき者として、貴石を準備した。そのことが不思議と現実感を持って感じられるのは、それが事実だからなのだろうか。

「礼拝堂は五十年ほど前に落盤《らくばん》で消えた。金剛石はその前に持ち出した。金剛石の時も、とっくに満ちている。だがなぜか、いくら見つめても生まれる気配がない。なんらかの理由で、金剛石は生まれることができないのかもしれない。結局、妖精王が次代を託した三つの石で無事に生まれたのは、今のところわたしとおまえだけ。そして百年以上の時間を隔《へだ》てて、こうやって会えた。会うべくして会えた。そうは思わないか？」

ラファルに押され、シャルの背は石壁《いしかべ》にあたる。

緑とも青ともつかない、ミルクに溶《と》かした染料《せんりょう》のような曖昧《あいまい》な色の瞳《ひとみ》が、妖精の歴史と過去の意志を突《つ》きつけてくる。

向かい合うラファルの気配は、シャルの妖精としての本能に近い部分に触《ふ》れる。懐《なつ》かしいわけではない。だが彼の正体を知った今、近い者だと思わずにはおれない。

ラファルは囁《ささや》いた。

「シャル。我々はリゼルバの遺志を継ぐべきだ。我々は妖精王になるべきだ」

「妖精王？」

「妖精たちの力を集め、妖精を解放する。わたしとおまえの力があれば、妖精たちを集められる。そして人間に対抗《たいこう》できる。妖精の国を取り戻《もど》す。妖精の自由のために、我々は王になるべきだ。二人で妖精王となればいい。わたしが調べた最も古い碑文《ひぶん》には、リゼルバの前の妖精王は、二人だったと記してあった。つがいの妖精王は、支配力が強いともな」

冗談《じょうだん》をいっている雰囲気《ふんいき》ではない。

——妖精の自由。

羽を奪《うば》われる屈辱《くつじょく》と、使役《しえき》されることの苦痛は身にしみて知っている。だから自由という言葉にひかれる。確かに妖精を苦痛から解放するために、何かをするべきなのかもしれない。

一瞬《いっしゅん》そんな考えが頭をよぎるが、すぐにアンのことを思い出す。

——アンは人間だ。

人と敵対するということは、彼女も敵だということだ。それは考えられない。

そしてペイジ工房《こうぼう》にいる連中も人間なのだ。彼らを人間だからという理由で、敵とみなすことはできない。彼らに向かって剣は振《ふ》るえない。

ラファルはそのかすように言葉を紡《つむ》ぐ。

「羽を奪われた屈辱は忘れられないだろう？」

「俺の羽をもぎ取った人間は死んだ。それで終わりだ。人間すべてを敵にしたいほど、人間のすべてが憎《にく》いわけではない。リゼルバの話が真実だとしても、それと彼の遺志を継ぐべきだというのは話が別だ。人間を支配するだと？　たった二人でか？　妄想《もうそう》だ。そんなものにはつきあえない」

「仲間を集めればいい。おまえも見ただろう。戦闘《せんとう》能力の高い仲間を、わたしは集めている」

「五百年前の人間の数と、今の人間の数。どれほど違《ちが》うと思う？　人間たちはこの五百年で爆《ばく》発《はっ》的に増えている。今も増え続けている。でも妖精は、それほど多く数がいるわけじゃない。

ハイランド中の妖精をかき集めても、どれほどの力になるのかは怪《あや》しい。それでもやるというなら、好きにすればいい。妖精が自由になるのは、喜ばしい。勝手にやれ。だが俺を巻きこむな。俺とおまえが生まれることを望んだのがリゼルバだとしても、俺は妖精王に興味はない」

顔を背《そむ》けた。

シャルの気持ちを優《やさ》しくなだめるように、ラファルは囁く。

「シャル……。シャル。我々は近い存在だ」

「おそらく……そうだ」

それは認めなくてはならない。

ラファルは満足したように微笑《ほほえ》む。シャルの手を摑《つか》んでいた力が緩《ゆる》んだ。

その隙《すき》を逃《のが》さず、摑んでいたラファルの右手首を渾身《こんしん》の力で突き放した。不意を突かれたらしく、ラファルは背後に数歩よろめいた。

「だが、それだけだ。おまえはおまえの好きにしろ。俺とおまえは近い。だが別のものだ」

冷然と言い放ったシャルに、ラファルの表情が消えた。

「己《おのれ》の生まれた意味を知ってなお、そう言うのか？」

「俺の生まれた意味は、俺が決める。そもそもリゼルバの遺志が妖精の国を取り戻し人間と戦うことだとなぜ言える。彼は人間との共存を願った」

「だが不可能だった。妖精王は妖精のために戦うしか道はない。リゼルバは敗れたが、我々が戦うことを望んだはずだ」

「言い切れない。それは、誰にもわからない」

「それがおまえの返事か？　シャル」

ラファルは、ちらりと背後のベッドに目を向けた。

「忌々《いまいま》しい。この小娘《こむすめ》に、そこまで心を奪われたか」

吐《は》き捨てるように言うと、背を向けた。

「しかたない。おまえがそう言うなら、おまえも支配するまでだ。わたしが王だ」

淡々《たんたん》と背中越《ご》しに告げ、ラファルは部屋を出た。

——妖精《ようせい》王だと？

もしやろうと思えば、妖精の力を集め、一部の地域だけを妖精の力の支配下に置くことなら可能だろう。

——しかしそれで、どうする？

人間たちが妖精の国を黙《だま》って見過ごすはずもなく、戦いは続いていく。妖精たちが安らぐ国にはならない。未来が見えない。

妖精たちの自由のためにと囁かれれば、自分は戦わねばならないのかもしれないとも思う。

しかしもし妖精の国や妖精の自由を望むにしても、もっと別の方法があるような気がしてならない。ただそれがなんなのか、どうすればいいのかわからない。

アンが眠《ねむ》るベッドの脇《わき》に腰《こし》かけて、眠る彼女の前髪《まえがみ》をかきあげる。

「教えろ」

囁きながら、アンの額に口づけた。彼女なら、何かの答えを知っているような気がする。

なぜそんなことを思えるのだろうか。頼《たよ》りないお人好《ひとよ》しのかかし頭の少女に、なにを期待しているのだろうか。

そして不安になる。こうしてアンに触れ、慈《いつく》しみ守ろうとすることが、彼女の不幸になるのだろうか。ラファルの言葉が心を乱す。


キースは不安を抱《かか》えて、ホリーリーフ城に向けて馬車を走らせていた。

一頭立ての小さな馬車で、ラドクリフ工房所有のそれは、おもに工房の使いに出る見習いが乗るものだった。とりあえず、すぐに乗れる馬車を選び飛び乗ってきたのだ。

本来なら、仕事を抜《ぬ》ける許可をマーカスか職人頭に求めるべきだった。しかしそんな心の余《よ》裕《ゆう》はなかった。

――アンが。

今日もいつものように作業をしていると、マーカスに客が来た。普《ふ》段《だん》なら気にとめはしないのだが、訪《おとず》れたのは銀砂糖子爵の使いだった。今ペイジ工房は、銀砂糖子爵の監視《かんし》下で作業を続けている。それが念頭にあったために、気になった。

使いの男はマーカスに、銀砂糖子爵からの緊急《きんきゅう》の手紙を渡《わた》した。

そんなものが来ることは滅多《めった》にない。マーカスも驚《おどろ》いたらしく急いで封《ふう》を開け、キースも無理を言って一緒《いっしょ》に読ませてもらった。

そこに書かれていたのは、銀砂糖師と砂糖菓子職人全員に対する注意喚起《かんき》だった。

先日来、頻繁《ひんぱん》に砂糖菓子職人が襲《おそ》われる事件が起こっていたが、その犯人はどうやら人の支配から逃れた妖精らしい。戦闘能力の高い妖精で、凶暴《きょうぼう》だ。

昨日、ペイジ工房の作業場が襲われた。長《おさ》代理が怪我《けが》を負い、ペイジ工房の職人頭とその護衛として使役されていた戦士妖精が、犯人の妖精に連れ去られた。

銀砂糖子爵は砂糖菓子職人の安全の確保と、連れ去られた銀砂糖師発見のために、後見のダウニング伯爵《はくしゃく》の協力のもとに犯人の妖精を狩《か》る兵を出す。

全砂糖菓子職人は十分に注意をすること。派閥《はばつ》の長は各派閥の配下に、注意を呼びかけること。

そんなことが書かれている。

砂糖菓子職人を襲う妖精がいることは、キースも噂《うわさ》で知っていた。

だが、まさかペイジ工房が襲われるとは思ってもみなかった。そしてペイジ工房の職人頭と護衛の戦士妖精と言えば、アンとシャルだ。それを知ったら、いても立ってもいられなかった。ほんとうにアンはさらわれたのか。そして襲われたペイジ工房は、どうなったのか。自分で確かめたかった。

ホリーリーフ城に続く坂道を、一気に駆《か》けあがった。

庭に到着《とうちゃく》して馬車を止め、城館を眺《なが》めた。とても静かだった。左翼《さよく》一階の部分の窓の向こうに、人の動く影《かげ》が見えるだけだ。確かあそこは作業場だ。

玄関《げんかん》に向かうと扉《とびら》をノックしようとした。しかし扉についているはずのノッカーが、引き剝《は》がされたようになくなっていた。板のささくれがあるばかりだ。仕方ないので扉を開き声をかけた。

「すみません。こんにちは！」

誰《だれ》も出てこない。しばらく待ち、何度も呼んでみた。左翼のほうからは、物音や人の気配がする。しびれをきらしてキースは中へ踏《ふ》みこんだ。

左翼へ続く扉を開くと、まっすぐな廊下《ろうか》になっていた。

一番手前の部屋の出入り口に、ブリジットの姿があった。心配そうに部屋を覗《のぞ》いている。キースには気がついていないらしい。声をかけようとした時、エリオットの声が聞こえた。

「オーランド？　どうした⁉」

「作業に入る」

淡々と答えたのは、落ち着きのある低い男の声だった。

「大丈夫《だいじょうぶ》なの？」

エリオットの質問に、部屋の出入り口に立つブリジットが強く首を振《ふ》る。

「まだ痛むはずよ。さっきも痛そうにしてたもの」

「エリオット。俺が作業できると言ってるんだ」

男の声が怒《おこ》ったように強く言った。

ちょっとの間があったが、エリオットのへにゃへにゃした声が答えた。

「そうだねぇ。ま、できるならいいか。でも、無理はしないと約束してよね」

「当然だ」

男の声に反応して、ブリジットはまた首を振る。

「無茶《むちゃ》よ」

「ブリジットさん」

会話が途切《とぎ》れたのを見計らって、キースは声をかけた。彼女はふり返って、目を丸くした。

「キース？」

「すみません。声をかけたんですが、誰も出てこなくて勝手に入ってきてしまいました」

「今、家事をしている妖精たちがおびえてしまっていて応対に出ないの。ごめんなさい」

言いながら、ブリジットはこちらに歩いてきた。キースはふと不思議な感じがした。

ラドクリフ工房《こうぼう》にいた頃《ころ》と比べて、ブリジットの顔つきが少し違《ちが》う。表面ばかりが堅《かた》いのに、芯《しん》のない感じの女性だと思っていた。今もか弱い感じは同じだが、どこかすっくと立とうとしている意志が感じられた。

「なにか御用《ごよう》？」

「銀砂糖子爵からの通達がこちらにもまわってきました。ペイジ工房が襲われて、アンがさらわれたとその通達に書いてあったので、驚いて。ほんとうなんですか、あれは？」

「ええ。そうよ」

ブリジットは目を伏《ふ》せ、唇《くちびる》を噛《か》んだ。

「コリンズさんは、何をしてるんですか」

「仕事をしてるわ」

「仕事？　こんな時に!?」

アンはペイジ工房のために選品に出ることを決め、作品を作り、選ばれた。それからも新聖祭に向けて、懸命《けんめい》に仕事を続けていた。そのアンがさらわれて、行方《ゆくえ》知れずになっている。なのに平然と仕事を続けているのは、どういうつもりなのだろう。

――もともとアンが、ペイジ工房の職人じゃないからなのか？

役に立つ時は利用しておきながら、彼女の危機には知らん顔をするのだろうか。

「コリンズさん！」

キースはブリジットの横をすり抜け、つかつかと作業場になっている部屋に入った。

「あれ、キース？」

部屋に踏みこんできたキースを見て、中にいたエリオットが額の汗《あせ》を手の甲《こう》でぬぐいながらびっくりしたような顔をする。首に包帯を巻いていた。けれど変化は、それだけだ。普段と変わらず銀砂糖を練っている。

中にいたのはエリオットの他《ほか》に、長い黒髪《くろかみ》を頭の高い位置で一つに結《ゆ》わえた男。顔の半分が包帯で覆《おお》われている。彼が以前の職人頭オーランドだろう。

「アンが、さらわれたんですよね」

訊《き》くと、エリオットは銀砂糖に目を落とした。手は止めずに頷《うなず》く。

「ああ、そうだけどねぇ」

「なにもしないんですか？」

「してるよ。ほら、仕事してるでしょ」

「そうじゃなくて、彼女を探すとか、妖精《ようせい》を追いかけるとか」

「あー。無理無理。それはとりあえず、銀砂糖子爵に任せてあるよ」

いつものような軽口だが、エリオットはキースを見ようとしない。

「だからって、アンのためになにもしないんですか⁉」

「だから……。仕事してるじゃない」

「アンのためになにもしないのかと訊いているんです！　なにもしないのは、どうしてですか⁉　彼女が、ペイジ工房の職人じゃないからですか⁉」

キースが叫《さけ》んだ途端《とたん》だった。いきなりエリオットが顔をあげた。

ぎょっとするほど、恐《おそ》ろしい目をしていた。キースがその目に驚きを感じる前に、エリオットはキースの襟首《えりくび》に摑《つか》みかかっていた。

「ペイジ工房の職人じゃない⁉　ふざけるな‼　アンはうちの職人頭だ！」

びっくりして、キースは動けなかった。

「エリオット！」

オーランドが割って入ろうとするのを、エリオットは片手で邪険《じゃけん》に払《はら》い、両手でキースの襟首を絞《し》めあげた。

「アンのためになにかしろだ⁉　シャルでさえ手こずる相手に、なにをしろって言うんだ！　俺たちは職人だ！　だから俺たちは、自分たちができることをやってるんだよ！　見えないのか⁉　やってるだろう！　アンが帰ってきたとき、仕事が進んでなかったらあの子はがっかりするに決まってる。だから仕事を進めてるんだよ！」

絞めあげられる首が苦しかったが、それ以上にぶつけられるエリオットの苛立《いらだ》ちと怒《いか》りに、苦しくなる。

「これ以外に、なにをしろっていうんだ！」

「エリオット、やめて！」

ブリジットが悲鳴をあげた。オーランドは傷が痛むのか、顔をゆがめながらもエリオットの腕《うで》にとりつく。

「やめろ！　エリオット」

騒《さわ》ぎを聞きつけたらしく、隣《となり》の部屋からペイジ工房の職人が三人、キャット、ミスリル、そしてジョナスが駆けてきた。ジョナスの姿にキースはびっくりしたし、ジョナスの方も驚《おどろ》いたらしく口をぽかんとあける。まさかお互《たが》い、こんな場所で再会するとは思っていなかったし、こんな状況《じょうきょう》だ。

ペイジ工房の職人のうち、やたらに背の高い屈強《くっきょう》な男が、慌《あわ》ててエリオットに駆《か》け寄り腕を押さえる。

「なんかわからんが、とにかく手を放せエリオット。この坊主《ぼうず》がくたばるぜ」

それでもエリオットは歯を食いしばり、キースを睨《にら》みつけ、ぎりぎりと襟《えり》を絞めあげる。

キャットが近づいてきた。静かな青い目で、淡々《たんたん》と言った。

「ここは作業場だ。長《おさ》の代理が神聖な場所を汚《けが》すんじゃねぇ。喧嘩《けんか》なら外でやりやがれ」

その言葉に、エリオットの手の力が緩《ゆる》んだ。するりと手から襟が抜《ぬ》け、キースは床《ゆか》に膝《ひざ》をついて咳《せ》きこんだ。キャットが膝をつき、背を撫《な》でてくれる。

しばらくエリオットは、うつむいて突《つ》っ立っていた。

キースの呼吸が楽になった頃合《ころあ》いに、エリオットはキースを見おろしてぽつりと言った。

「……大丈夫？　悪かったよねぇ」

喉《のど》を撫でながらも、キースは首を振った。

「いえ……僕こそ、すみません」

頰《ほお》が熱くなる。これほど自分が、恥《は》ずかしかったことはない。

アンがさらわれたと聞いて冷静さを欠いていたとは言え、自分がいかに浅はかなのかを思い知らされた。ペイジ工房の職人たちは、彼らが出来ることのなかで、最もアンのためになることをしていた。こうやって怒鳴《どな》られるまで、それに気がつきもしなかった。

そしてペイジ工房の職人たちは、なんのこだわりもなくアンを職人頭だと認めている。

派閥《はばつ》だとか、女だとか、そんなことは関係ない。

父親の足跡《そくせき》をたどるのが嫌《いや》だ。前銀砂糖子爵の息子《むすこ》だと特別扱《あつか》いされるのは、息苦しい。

自分はそんなことにこだわっているから、彼らの思いに気がつきもしないのだ。様々なことに見苦しいこだわりを持っているのは、自分の方だ。

「よくわかりました。僕が……浅はかなんです」

すこし頭がくらくらしたが、立ちあがった。

──見苦しい真似《まね》は、したくない。

常に公正で。そして人として、見苦しい真似はしない。情けない真似はしない。

それがキースの意地だ。

在位二十年を超《こ》えた、素晴《すば》らしい銀砂糖子爵であった父親。キースはその父親の付属物のように、いつも言われていた。そんな自分が唯一《ゆいいつ》、自分自身を誇《ほこ》りに思えるための意地なのだ。

「僕もお手伝いします。アンが抜けた穴は大きいでしょう。アンのためにできることが仕事なら、僕は仕事をします。それに僕はやっぱり、ペイジ工房《こうぼう》には存続して欲しい。父が修行《しゅぎょう》した場所として尊敬もしている。だから手伝います」

「おい、いいのか？　キース」

ぽかんとしていたミスリルが、キースの言葉に焦《あせ》ったようにちょいと飛びあがって肩《かた》に乗ってきた。

「君も仕事をしてるんだね、ミスリル・リッド・ポッド。だから僕もする。いいんだよ」

アンとシャルと一緒《いっしょ》に旅してきたこの小さな妖精こそ、この場にいる誰《だれ》よりも二人の身を心配しているはずだ。けれどこうやってこの場所にとどまり、黙々《もくもく》と仕事をしていた。自分がやらなくてはならないことを、しっかりと心得ている。

自分も派閥だとか意地だとか、そんなつまらないものは忘れるべきなのだ。

「なにがいいんだ？　おまえ俺たちを手伝ったら、ラドクリフ工房のあのオヤジに怒《おこ》られるんじゃないのか？」

「考えがあるから、いいんだよ」

心配顔のミスリルに柔《やわ》らかく笑《え》みを返して、エリオットに再び視線を戻《もど》した。

「コリンズさん。仕事の指示をください」

——もう三日も経《た》った。

頭の上よりももっと上にある小さな窓を、今朝シャルに開けてもらった。そこから射《さ》しこむ斜陽《しゃよう》が壁《かべ》に四角く光を投げている。冷たい風がときおり吹《ふ》きこむが、暖炉《だんろ》の火は絶えることなく燃やされているから暖かい。薪《まき》はたっぷり暖炉の脇《わき》に積まれていた。

暖炉の前に、アンは膝を抱《かか》えて座っていた。

幽閉《ゆうへい》されているわけではなく、好き勝手に部屋からは出られる。アンが逃《に》げられないのを、ラファルはよく心得ている。ブラディ街道《かいどう》をはずれたこんな荒野《こうや》の中にいては、一人逃げ出してものたれ死ぬのが落ちだ。

城砦《じょうさい》の中を見ておけば、なにかの役に立つかもしれない。そう思って何度か城砦の構造を確かめるために歩き回ったが、それだけだ。城砦の中は薄暗《うすぐら》くて寒くて、心細い。気楽にぶらぶらしたい場所ではない。

——仕事はどうなったの？

額を膝につけて考える。順調に仕事が回り始めたのに、アンが抜けて、また人手不足になったはずだ。ペイジ工房の職人たちはどうしているのだろうか。エリオットとオーランドが怪我《けが》をおして、無茶《むちゃ》なことをしたりしていないだろうか。

シャルはここに連れてこられた翌日から、ラファルに命じられ、彼とともに城砦を出て行く。早朝に出て行き、日が暮れてから帰ってくる。そしてその度《たび》に、新しく屈強な戦士妖精を数人連れて戻ってくる。なにをさせられているのか、シャルは話さない。けれど日増しに彼の憂《ゆう》鬱《うつ》そうな雰囲《ふんい》気《き》が強くなるのが気がかりだ。

扉《とびら》がノックされた。一瞬《いっしゅん》シャルが帰ってきたのかと思ったが、

「やあ、アン」

入ってきたのはラファルだった。肩に小さな樽《たる》を担《かつ》いでいる。彼は勝手に入ってくると、壁《かべ》際《ぎわ》にそれを降ろす。

「銀砂糖だ。おまえのために準備した。わたしのために、砂糖菓子を作ってくれないか？」

今年の銀砂糖は、誰もが勝手に精製できるわけではない。貴重な銀砂糖を、彼はいったいどこからどうやって持ってきたのか。誰かから奪《うば》ったのだろうが、どうやって奪ったかを考えると恐《おそ》ろしくなる。

「アン。君には期待している。作ってくれ、可愛《かわい》い銀砂糖師」

囁《ささや》く声は花の香《かお》りのように甘ったるい。ラファルは微笑《ほほえ》んでいる。幻《まぼろし》のように曖昧《あいまい》な色彩《しきさい》の

髪《かみ》と瞳《ひとみ》と、白い肌《はだ》。シャルとはまた違《ちが》った趣《おもむき》で、美しい。

「いや。作らない」

ラファルを睨む。

「作らない？　困った子だ。それではただの役立たずの人間だ。殺されても文句は言えないぞ。君が死んだら、同じ工房にいたあの男の銀砂糖師を君の代わりに連れてくるだけだがな」

声の甘さはそのままだったが、残忍《ざんにん》な意志が言葉に滲《にじ》む。血の気が引く。

「やめて！　コリンズさんに手を出さないで！」

エリオットはペイジ工房の次期長となるべき人間だ。彼以外に、グレンが安心してペイジ工房を任せられる人物はいない。手出しさせてはいけない。

「では、誰が砂糖菓子を作る？」

唇《くちびる》を噛《か》みながら、アンは俯《うつむ》いた。

「……わたしが、作る」

「はじめからそう言えばいい。可愛い銀砂糖師。素直《すなお》でいるならば、可愛がってあげるのに」

すっとラファルが近寄ってきた。冷たいものがひやりと背に触《ふ》れたような恐怖《きょうふ》を感じ、思わず立ちあがって壁際に逃げた。

それを追って、ラファルがまた楽しむように一歩近寄る。

「シャルは!?　シャルはどこ!?」

「体を洗っている。さすがにあの姿で現れたら、おまえも気分が悪くなるだろうからな」

そしてくっくっと嬉《うれ》しそうに笑う。

「いやいやながら剣《けん》を振《ふ》るっているはずなのに、彼は凄《すさ》まじい。あれでためらいがなくなれば、どれほどなのか。想像すると楽しいよ」

「シャルになにをさせてるの」

「たいしたことではない。邪魔者《じゃまもの》を取り除いてもらっているだけだ。彼が心配か？　好きか？　当然だろう。しかし彼を好きで心配するくらいならば、おまえはいっそ、彼から離《はな》れるべきだ」

近づいてくるラファルから、じりじりと壁伝いに逃げた。

「シャルを好きで、彼がそれに応《こた》えたらおまえは幸せだろうな。生涯《しょうがい》彼を傍《かたわ》らに置いて、楽しめる。だがおまえが消えたあと、彼はまた一人残される」

言われて、どきりとした。思い出したのは、シャルと出会って間もない頃《ころ》、リズのことを語った彼の寂《さび》しそうな横顔だった。

リズが殺され、残されたシャルがどれほどの孤独《こどく》と寂しさを味わってきたのか。彼の目を見ているとよくわかった。

「人間は人間と。妖精《ようせい》は妖精と。同族同士で生きるのが幸せだ。そうだろう。もしほんとうにシャルのことを思うならば、彼が妖精の仲間と生きられるように、おまえは努力するべきではないか？　彼は今、おまえやその仲間たちを守ることに、よろこびを見いだしている。それはおまえたちが彼を頼《たよ》り、彼と一緒にいることを喜ぶからだ。だが、もしおまえが彼を拒絶《きよぜつ》すれば、彼はおまえたちと一緒にいる意味がなくなる。そうすれば彼も、我々と共に生きることに興味を示し始めるだろう。今のままでは、おまえが彼を不幸にするぞ」

アンはシャルが好きだ。シャルもアンをずっと守ってくれると、一緒にいると誓《ちか》ってくれた。それはアンにとってこの上ない幸福だった。だが、シャルにとってはどうなのだろうか。彼のその優《やさ》しさは、彼自身にとっては不幸なのではないだろうか。

シャルは今人間たちと一緒にいるが、いずれみんな消えてしまう。そんなときミスリルが一緒にいてくれればいいが、彼の寿命《じゆみよう》の長さもよくわからない。

もしミスリルもいなくなってしまっていれば、シャルはまた一人だ。

「すくなくともわたしなら、彼を残して消えることはない。わたしだけでなく、そのうち貴石の仲間を探してもいい。もしおまえが彼を拒絶して、彼が我々とともに生きる気持ちにさせてくれたなら、おまえを解放してやってもいい」

迫《せま》ってくる瞳の色は美しく、語りかけてくる言葉にふと惑《まど》わされそうになる。

──けれど、ラファルは嘘《うそ》つきだ。ブリジットさんを騙《だま》した。みんなを騙した。

「わたしを解放して、別の銀砂糖師をさらってくるの？」

「おまえが気にすることではない」

「あなたの言葉なんか、一つも信じられない！」

叫《さけ》ぶとラファルの脇をすり抜《ぬ》け、部屋を飛び出した。

シャルの姿を探して走る。不安で仕方がなかった。ラファルの言葉を信じてはならないと思うが、彼の言葉に真実があるのも確かだ。

同族同士で生きるのが、幸福への道。確かにそうなのかもしれない。アンがシャルの優しさに甘え、彼と一緒にいたいと思うことが、彼を不幸にするのだろうか。

闇雲《やみくも》に走っていると、扉が開いて明かりが漏《も》れている部屋を見つけた。

「シャル!?」

勢いこんで部屋を覗《のぞ》いて、硬直《こうちょく》した。

大きな部屋だ。中央に長テーブルが置かれ、そこに屈強《くっきょう》な妖精たちが並んで座っていた。食事の最中のようだった。彼らの視線が一斉《いっせい》に集まり、恐ろしさに動けなくなる。

すると部屋の奥の方から、小さなものがぴょんと飛びだしてきた。

それは親指くらいの大きさの、小さな小さな妖精の女性だった。彼女はテーブルの端《はし》に立つと、優しげな目でアンを見あげた。

「ここは妖精の食事の場所なの。お客人が来るところじゃないわよ」

「ごめんなさい、わたし。人を探して」

言い訳しようとしていると、その小さな妖精が急にくるりと目を丸くし、声をあげた。

「まあ、あなた！　もしかして、わたしを生んでくれたお嬢《じょう》さん!?　わたしよ、ルスル・エル・ミン。覚えていらっしゃらない?」

「……あっ!」

一年と少し前。アンはブラディ街道《かいどう》を旅した。その旅の終わりに、草の実を見つめていて妖精が生まれたことがあった。彼女はルスル・エル・ミンと名乗り、シャルのすすめで人の手の届かない場所へ飛んでいった。

あの時、彼女はドレスを欲しがったが、今は適当に布をつなぎ合わせたような服を身につけていた。そしてその背には、羽が一枚きり。

「羽はどうしたの!? あれから人間に捕《つか》まっちゃったの!?」

「いいえ。違いますよ」

ルスルは面白《おもしろ》そうに笑った。

「ラファル様に捧《ささ》げるために、取ったのよ」

——羽を取った?

その言葉の意味がわかると、呆然《ぼうぜん》とした。

「取った……って。まさか、自分で」

「さすがに自分では取れませんよ、あんなに痛いのに。ラファル様が取ったの。わたしだけでなくて、ここにいるみんな、片羽をラファル様に捧げてるのよ。まあ、みんなは人間に取られた片羽をそのままラファル様にお渡《わた》しするだけだけど。忠誠の誓いなの」

「忠誠の誓いって、なんで？　なんであの人に忠誠を誓うの」

なぜという疑問と一緒《いっしょ》に、胸の中でふつふつと何かがたぎるように、怒《いか》りがわいてくる。

「あの方は、五百年ぶりに現れた我々の王なの。妖精王よ。妖精に自由をくださる方。約束してくださったの、自由を」

「……ひどい」

唇が震《ふる》えた。ルスルは、えっと不思議そうに首を傾《かし》げた。

心にくっきりと残るのは、妖精が生まれる瞬間《しゅんかん》の神々《こうごう》しさだ。あの二枚の羽がとても美しくて、それが妖精の命そのもので、手出ししてはいけないものだと理解できた。

そしてシャルの助言で、ルスルは人の手の届かない場所へ逃《に》げた。

草の実の妖精の寿命は、一年程度だとシャルは言っていた。たった一年の命でも、彼女は自由に楽しく過ごせるはずだった。

妖精が生まれる光景は、心にできた引っ掻《か》き傷をやわらかく癒《い》やしてくれた。そんな美しさを見せてくれた妖精が、片羽をなくしている。そしてこんな場所にいる。

もうあれから一年と少し経《た》った。彼女の命が尽《つ》きるのは近いはずだ。それなのにこんな場所に、片羽だけでいる。

——ひどい、ひどい。

人間に捕《と》らわれ使役《しえき》されたわけでもないのに、同じ妖精が、彼女の羽を取った。

「やっぱりラファルは嘘つきよ！」

　叫んでいた。

「自由を約束しておいて、片羽を捧げさせるの⁉　それじゃ妖精を使役しようとする人間と変わらないじゃない！」

「いいえ。あの方は妖精王だから、羽を捧げるのも当然」

「当然じゃない！　あの人が王様？　そんなの信じない。そんな王様、偽者《にせもの》よ！」

　ルスルは困惑《こんわく》したようにアンを見あげる。

「どうして泣くの？　お嬢さん。悲しいの？」

　指摘《してき》されて気がついた。頰《ほお》に涙《なみだ》がこぼれていた。

「怒《おこ》ってるの！　あんな綺麗《きれい》な羽を、誰《だれ》にも渡す必要なんかないのに。王様にだって、あんな綺麗なもの奪《うば》う権利はない。なんで渡しちゃったの⁉」

「綺麗……？」

　ルスルは生まれてはじめて聞いた言葉のように、それを繰《く》り返した。そしてさらに困惑した表情になる。

「わたしのために泣いてるの？」

　戦士妖精たちも、泣き出したアンを不思議そうに見ている。彼女がなぜ怒り、なぜ同時に泣いてもいるのか、理解できないらしい。

その時そっと背後から、アンの両肩《りょうかた》に手が置かれた。振《ふ》り仰《あお》ぐと、シャルだった。

黒い上衣《うわぎ》とズボンを身につけているが、いつも着ているものと同じではない。ラファルが準備したものなのか、彼の服と似た、ビーズをあしらった優雅《ゆうが》な衣装だ。髪《かみ》が濡《ぬ》れていた。髪の先に滴《しずく》が玉になって光っている。水を浴びたらしく、指先がいつもよりさらに冷たい。

「あなたは、あの親切な方？　あなたもここにいらしたの？」

ルスルがシャルを見て、さらに驚《おどろ》いた顔をする。

「誰もこいつが怒る理由がわからないか？」

静かにシャルが問うと、戦士妖精《ようせい》たちは眉根《まゆね》を寄せる。顔を見合わせる者たちもいる。

「ルスル・エル・ミン。おまえもわからないか？」

「……あまり」

シャルは軽くため息をついてアンの肩を抱《だ》き、歩くように促《うなが》した。

「待って、そのお嬢さんが怒る理由を教えてくれないの？」

ルスルが声をかけると、シャルは淡々《たんたん》と告げた。

「こいつは俺に、羽を返した。ラファルは、俺から羽を奪った。その意味を考えろ」

五章　妖精王となる者

ルイストンにあるその砂糖菓子店は、西の市場の外れにあった。周囲に王都警備の兵士たちが立ち、野次馬を店に近づけないようにしていた。人々は不安な様子で、遠まきに店の出入り口を見つめている。

銀砂糖子爵ヒュー・マーキュリーとダウニング伯爵《はくしゃく》が、店の出入り口から出てきた。

「あの妖精の仕業《しわざ》ですね」

ヒューが言うと、ダウニング伯爵は苦い顔で頷《うなず》いた。

「この一年、時々、妖精商人や妖精狩人《かりゅうど》が襲《おそ》われていたが……。ここに来て、さらに数が多くなったな。これも、その一味の仕業だろう。手口が似ている。なんとかしなければならんが、なにしろ素早《すばや》い。手がかりもない。どうだった、例のペイジ工房《こうぼう》の娘《むすめ》が、あの妖精を買ったというミルズフィールドの妖精商人は見つかったか」

「見つかりましたが、死体でした。ここと同じで家族全員」

淡々とヒューは答えた。

「家族を人質《ひとじち》に取られて、言いなりになったんだと思いますが。そのあと殺されたんでしょう」

「残忍《ざんにん》だ」

　ダウニング伯爵は呻《うめ》いた。かつて現国王のために自ら先陣《せんじん》を切って戦《いくさ》に向かった老臣でも、砂糖菓子店の惨状《さんじょう》には胸が痛むらしい。

「事件がセント州、シャーメイ州、ハリントン州をまたがっていては、互《たが》いにまごついて話にならん。わしが追うしかあるまい」

　ダウニング伯爵は、シャーメイ州の州公を務めている。

　王家に仕える貴族たちは、それぞれに役割を担《にな》っている。

　ミルズランド家の血筋につながる貴族は、宰相《さいしょう》や王国軍を統括《とうかつ》する将軍など、王家にとって重要な役割を果たしている。

　その他《ほか》、王族の血筋ではない貴族たちは、ハイランドの各州を統括する州公や大臣職などを王家から拝命する。

　貴族たちの中でも、銀砂糖子爵だけは特殊《とくしゅ》な立場だ。

　通常、貴族たちは自分の配下に騎士《きし》を従え家臣を持つ。だが銀砂糖子爵は自分の配下に家臣はない。国王からシルバーウェストル城と、その城の衛兵を貸し与《あた》えられているだけだ。物理的な力は、他の貴族たちとは比べものにならないほど弱い。

　しかし銀砂糖子爵は、国王のために砂糖菓子を作る。頻繁《ひんぱん》に、しかも直接国王と対話できる立場は、州公よりも王に対する影響力《えいきょうりょく》があると囁《ささや》かれる。そのため銀砂糖子爵には、野心のない、ごくおとなしい善良な人間が選ばれるのを貴族たちは望む傾向《けいこう》にある。

そして銀砂糖子爵が下手《へた》に政治に関《かか》わらないように、ダウニング伯爵がお目付役を任されている。州公を拝命する貴族の中でも、ダウニング伯爵は特別な存在だ。ダウニング伯爵は王族ではないが、王族と同等の扱《あつか》いを受ける。そのために彼は、王国軍の兵士たちであれば国王の許可のもと、借り受けて自由に動かすこともできるのだった。

各州に起こる事件やもめ事は、基本的に各州の州公が責任を持って対策にあたる。

しかし各州にまたがる問題が起きた時は、各州公が協議して事に当たる。三州にまたがる事件となると、三人の州公の意見や面子《めんつ》をすりあわせるだけでも一苦労だ。

今回の事件の場合は、シャーメイ州が関わっていることで、必然的に最も王家の信頼《しんらい》が厚いダウニング伯爵が対応することになる。しかも事件は、銀砂糖子爵からもたらされた砂糖菓子職人たちに関わる依頼《いらい》なのだ。ダウニング伯爵以外に対応する者はいないと、各州の州公も当然のように考えているようだった。

──それは、幸運だ。

ちらりと、ヒューは思う。

シャーメイ州でも、妖精に襲われた妖精商人や妖精狩人や砂糖菓子職人がいた。そのことでこの一件に、ダウニング伯爵は当然関わることができた。

もしシャーメイ州が関わっていなければ、いくらダウニング伯爵が、銀砂糖子爵からの依頼があったと主張しても、他州の州公たちが、自分たちの州内で起こった事件にダウニング伯爵が関与《かんよ》するのを渋《しぶ》る可能性もあった。そうなれば、各州の州公の説得に時間を取られる。

――迅速《じんそく》に追うことができる。それだけでも、幸運だ。

だが楽観できる状況《じょうきょう》ではない。妖精商人や妖精狩人は次々に襲われているし、今回は砂糖菓子職人の店までが襲われた。それなのに手がかりがない。彼らは風のように不意に現れ、そして痕跡《こんせき》を残さず去る。こんな連中に捕《つか》まっているアンが、果たして今も無事でいるかどうか。

「確かに残忍です。そして用心深いですね」

深いため息をつき、ヒューは地面に目を落とした。石敷《じ》きの街路を目にした彼は、目を見開いた。そしてなにかを探すように視線をゆっくりとあげて、じっと西の方を見据《みす》える。

「……まさか？」

「どうした。マーキュリー」

ダウニング伯爵の問いに、ヒューはふり返った。

「伯爵。ありました。手がかりが」

ノックとも言えない小さな音がして、扉《とびら》が開いた。ひょこりと顔を覗《のぞ》かせたのは、ルスル・

エル・ミンだった。

「ふふふふふ、いるいる」

彼女はいたずらっ子のように微笑《ほほえ》んで、部屋に入ってきた。

ルスル・エル・ミンはアンとシャルがこの城砦《じょうさい》にいると知ってから、毎晩のように部屋に来るようになった。なにをするでもなく、暖炉《だんろ》の前に座るアンとシャルの周りをぐるぐる歩き回ったり、アンとシャルにたわいもない話をしたりする。

「城砦にいる人はみんないい人だけど、見ていてうっとりするような美しい人たちじゃないわ。でもこの部屋だけは別なの。うっとりする。アンも可愛《かわい》いけど。シャルはとても素敵《すてき》だわ。見ていて飽《あ》きない」

そんなことを言ったりする。特にシャルに好意を持っているという雰囲気《ふんいき》ではなく、美しい花を愛《め》でる感覚と同じらしい。

暖炉の中ではぜる炎《ほのお》を見つめながら、シャルが投げやりに言った。

「ラファルも見てくれだけはいい」

するとルスルは困ったように笑う。

「ラファル様は美しいけど、見つめるのが恐《おそ》ろしいもの」

その答えを聞いて、アンはますますラファルが嫌《きら》いになる。

王様が人の命を握《にぎ》り、見つめるのさえ怖《こわ》いと思われる。そんな王様は、王様じゃないと思う。

ただの横暴な支配者だ。

「俺とラファルが連れてくる妖精たちは、どうしている？」

「そうね。みんなあまり話をしないけど、人間に使役《しえき》されているよりはましだって、よく言ってるわ」

「まし、か」

シャルは鼻先で笑った。

「あの人たち、もう五十人以上もいるのよ。お食事が大変。ラファル様はそろそろ、なにか行動を起こすのかしら。シャルは知らない？」

「知らん。俺もおまえたちと同じ、奴《やつ》に使役されているだけだ」

「使役だなんて、そんな」

ルスルが困ったように呟《つぶや》くが、シャルは容赦《ようしゃ》がない。

「どこが違《ちが》う？　俺は人間にも使役されていたことがある。今と同じだ。羽を握られ、命じられる」

シャルの苛立《いらだ》ちと不愉快《ふゆかい》さを感じ取って、ルスルは不安げにアンを見る。アンは安心させるように言った。

「シャルは、ルスルに怒《おこ》ってるわけじゃないよ」

その言葉に、ルスルはほっとしたようだった。

ここに連れてこられて、十日目だった。

ペイジ工房の仕事は順調に進んでいるのだろうかと、ぼんやりしているといつも考えている。そして隣《となり》で言葉少なに座っているシャルの、憂鬱《ゆううつ》そうな表情も気になっていた。

シャルは片膝《かたひざ》を立てて床《ゆか》に座り、じっと炎を見つめている。炎の光が、まつげの濃《こ》い影《かげ》を頬《ほお》に落としている。羽は柔《やわ》らかなオレンジ色に染まっているが、どことなく生気がない色だ。

物憂《ものう》げなシャルを見ていると、どうしてもリズのことを語った時の彼を思い出す。そしてラファルに言われた言葉が、頭に響《ひび》く。

おまえが彼を不幸にするぞ、と。

シャルがアンを守り一緒《いっしょ》にいると約束してくれたのは、彼の優《やさ》しさだ。アンが彼を頼《たよ》りにして、そのことを喜んでいるのがわかるから、そうしてくれているのだろう。けれどそれでシャルが不幸になるのならば、自分は、彼が同じ種族である妖精《ようせい》たちと生きるように、なにかをするべきではないのだろうか。

けれどラファルのような卑怯《ひきょう》な相手とは、一緒《いっしょ》に生きて欲しくない。

──同じ貴石の妖精でも、もっと優しくて。正直で。素敵な人がいい。

水晶《すいしょう》や紅玉やサファイヤや翡翠《ひすい》。どんな貴石でもかまわないが、それらから生まれた美しく優しく優雅《ゆうが》な妖精の女性が、シャルには似合うだろう。そんな妖精とシャルが寄り添《そ》って生きていければ一番いいのかもしれない。

けれど想像しただけで、どうしようもなく胸が苦しくて哀《かな》しくなる。

——ずっと一緒にいたい。

そう思ってしまう自分がいる。

部屋をうろついていたルスルが、銀砂糖の樽《たる》に気がついたらしい。

「あら、これ。銀砂糖？　どうしてこんなところにあるのかしら？」

「わたし砂糖菓子職人なのよ。ラファルに砂糖菓子を作ったんだけど……」

ラファルに要求され、アンはここに来てから二個ほど砂糖菓子を作った。

最初の一つは、白い花を作った。色粉がないので、すべて真っ白だった。ラファルは気に入らなかったらしく、すぐに何処《どこ》かから色粉の瓶《びん》と道具類を一式手に入れてきた。

樽の周囲には道具類と、冷水の樽、色粉の瓶が整然と並べられている。これだけの準備があれば、ちゃんとした砂糖菓子が作れるはずだった。

だが、いつものように作ることができないでいた。

ラファルは銀砂糖子爵が作ったフィッフの駒《こま》と同じものを作れと命じたが、なかなか思うように仕上がらない。何度形を取ろうとしても、うまくバランスがとれない。色もどことなく、ちぐはぐになる。三日前に一度、馬の駒を無理矢理《むりやり》作ってラファルに見せたが、彼は食べることもせずにそれを壊《こわ》した。それ以降、作業はとまっている。銀砂糖に手を触《ふ》れる気が起きないのだ。

「砂糖菓子ってなに？」

きょとんとしてルスルは首を傾《かし》げた。

「知らないの？　銀砂糖を使って作るお菓子《かし》のことよ」

「見たことないわ」

「そうなの？　じゃ、作ってみせようか？」

「まあ、いいの？」

「うん」

アンは立ちあがった。ルスルは期待いっぱいの顔をして、アンを見つめている。

──うんと綺麗《きれい》なもの、見せてあげたいな。

久しぶりに、うきうきするような気分になる。

桶《おけ》に入れた冷水で手を冷やしてから、床の上に置いた板の上に、樽から手ですくいあげた銀砂糖を広げる。冷水を加え、練り始めた。傍《かたわ》らでそれをじっと見ているルスルが、声をあげた。

「すごいわ。銀砂糖が、つやつやして塊《かたまり》になってるわね。どんな魔法《まほう》なのかしら？」

「魔法じゃないの。これは、そういう技術なの」

妖精の素直《すなお》さが、ほほえましい。鋭《するど》く細いナイフで、糸のような茎《くき》と、ギザギザの葉を切り出す。紫《むらさき》と青を混ぜ合わせ、つやつやした草の実を作る。葉の根から顔を出す、すずなりの小さな草の実だ。

ルスルは目を輝《かがや》かせた。

「これ、わたしが生まれた草の実だわ！　やっぱり、魔法だわ！」

「ね、食べてみて」

言うとルスルは「ほんとうにいいの？」と問うようにアンを見あげた。頷《うなず》き返すと、ルスルは草の実に触れる。草の実の一粒《ひとつぶ》がすっと薄《うす》い光に包まれて、ほろほろと崩《くず》れ、彼女の小さな掌《てのひら》に染《し》みこむ。彼女はほうっとため息をついてから、びっくりしたような顔をする。

「すごいわね、とても甘いのね。それになんだか元気になるみたい。ねえ、これ、あの人たちに持って行ってあげてもいいかしら？　怪我《けが》をした人もいるから、これを食べたら元気になるわ」

ルスルが言うあの人たちとは、戦士妖精たちのことだ。ルスルは彼らの身の回りの世話役を任されている。

「うん。いいよ。足りなかったら作る」

「まあ、親切ね。ありがとう」

ルスルは嬉《うれ》しそうに出て行った。

銀砂糖に触れ、ルスルも嬉しそうにしてくれたので、久しぶりにすこし元気が出た。アンの顔を見て、シャルがくすっと笑った。

「おまえはとにかく、銀砂糖を触《さわ》っていたら機嫌《きげん》がいいな」

「どうせ単純とかなんとか言いたいんでしょうけど、いいのよ。わかってるもの。そうだもの」

シャルの隣に座る。するとシャルはちょっと体をねじって、アンの方を向いた。

「それでいい。おまえらしい」

ちらちらと揺《ゆ》れる炎《ほのお》の光がシャルの睫《まつげ》で躍《おど》り、黒い瞳《ひとみ》は吸いこまれそうなほど深い色でじっとアンを見つめる。

「シャルは貴石から生まれた妖精の女の人に、会ったことある？」

ふと訊《き》いてみたくなった。

「何度か会ったことはある」

「その人たちのなかで、好きになった人いた？」

「どうした、急に」

「どうもしないけど。もしシャルが好きになるような貴石の妖精の女の人がいたらって……」

もしシャルが心をひかれた貴石の妖精が過去にいたのなら、その妖精を探し出してみるのもいいのではないだろうか。そして見つけて、お互《たが》いに好きになれば二人で幸せになれるかもしれない、と言いたかった。けれど喉《のど》の奥になにかが引っかかったみたいに、うまく言葉が出ない。

シャルの瞳が戸惑《とまど》うように揺れた。

「なにが言いたい」

「なんていうか、わたし。シャルがこれからずっと一緒にいるって言ってくれたのは、すごく嬉しかった。けどわたし、その言葉に甘えていいのか、わからないの。シャルに無理して欲しくないし、幸せでいて欲しいから。だからもしシャルが……」

「アン」

言いつのるのを遮《さえぎ》るように、シャルが呼んだ。

「甘えてもいい」

囁《ささや》くと、シャルの片手がそっとアンの頰《ほお》に触れる。彼との距離《きょり》がとても近いことに気がついた。ゆっくりとシャルが顔を近づける。吐息《といき》が唇《くちびる》に触れる。

「アン」

呼ばれた声は甘くて切なかった。目をまん丸にして、アンは動けなくなった。

——なんだろう、これ。キス？　まさか？

しかし突然《とつぜん》だった。

『おまえが彼を不幸にするぞ』

ラファルの声が耳によみがえる。その瞬間《しゅんかん》ぎくりとして、わずかに身を引く。

それと同時にシャルも、なにかを思い出したように頰に触れていた手を離《はな》す。

同時に、互いに、目をそらしていた。

アンがシャルに幸せになって欲しいと呟《つぶや》いた言葉には、保護者への信頼《しんらい》や甘え以上の、恋《こい》に似た気持ちが潜《ひそ》んでいるような気がした。そう感じた途端《とたん》に、自分の感情を抑《おさ》えきれなくなった。頰に触れ、口づけしようとした。けれど、できなかった。

お互いになにかがそれを阻《はば》んだ。

アンがびくりと身を引いた瞬間、シャルはラファルの言葉を思い出した。

『おまえが、アンを不幸にするぞ』

自分の触れた場所からアンに不幸な運命が伝わるような気がして、ぞっとした。頰に触れていた手を離した。

一年前アンと出会った時、必要があれば彼女を殺すことさえ自分はいとわなかっただろう。そう思うと一年前の自分に嫌悪感《けんおかん》がふくれあがる。そんな自分が、アンに触れていいのだろうか。ラファルに言われた言葉と、一年前の自分への嫌悪感のために、アンに近づいてはいけないという思いが強くなる。

——触れてはいけない。

愛《いと》しければ愛しいほど、触れてはならない存在。おそらく、そんなものもあるのだろう。

その夜から、極力アンのそばに近寄らないようにした。アンも同じように、慎重《しんちょう》にシャルとの距離をとっている気がした。


「大丈夫《だいじょうぶ》？　今日も怪我をした人がいる？」

ベッドとも言えないような、簡単な木の台が並んだ大きな部屋に、アンは顔を覗《のぞ》かせた。部屋の奥にひとかたまりになっている屈強《くっきょう》な妖精《ようせい》たちが、こちらに顔を向けた。すると彼らの間から、ぴょんとルスルが飛び出してきた。

「よかった、アン。今日はひどい怪我の人がいるのよ」

ルスルが心配そうに眉《まゆ》の端《はし》をさげると、アンは頷いた。

「持ってきたよ、砂糖菓子。今日昼間に作ったぶん」

「まあ、こんなに⁉」

持ってきた木の板を差し出すと、ルスルは目を輝かせた。木の板の上には、アンが作った砂糖菓子が十個ほど並べられていた。花や、蝶《ちょう》や、草の実。雪の結晶《けっしょう》、子猫《こねこ》に小鳥。暇《ひま》に任せて作ったものだ。

この城砦《じょうさい》にいる戦士妖精たちは、毎日シャルと同じようにラファルとともに外へ出る。

シャルが怪我をすることはなかったが、戦士妖精たちは度々《たびたび》傷を負っているらしい。そのことをルスルが心配するので、アンは彼らのために砂糖菓子を作り始めた。

ぼんやりしていても、シャルやペイジ工房《こうぼう》のことが気になって気が滅入《めい》るばかりだった。銀砂糖を練っていれば気が紛《まぎ》れる。鬱々《うつうつ》と膝《ひざ》を抱《かか》えているよりはずっといい。

しかも戦士妖精たちはシャルと同じように、羽を握《にぎ》られている。やりたくもないことを、させられているのかもしれない。その彼らが怪我をしたのなら、回復のために砂糖菓子を作ってあげたかった。

ラファルのための砂糖菓子を作ろうとしても、変に緊張《きんちょう》しているせいか、思うように綺麗《きれい》なできばえにならない。作っていても、なんとなく憂鬱《ゆううつ》だ。

けれどルスルや戦士妖精たちのために作ろうと思うと、手が勝手に作りたいものを作る。落書きするように自由にのびのびと、それでいて綺麗にできてしまうのが不思議だった。楽しい。

ルスルが嬉しそうに部屋の奥へ呼びかけた。

「ねぇ、砂糖菓子よ。これ奥の人へ渡《わた》してあげて」

すると戦士妖精の一人が、のっそりと近づいてきた。

「はい。どうぞ」

笑顔《えがお》で砂糖菓子の載《の》った板を手渡《てわた》すと、戦士妖精は眉間《みけん》にしわを寄せてむっとへの字口になった。しばらくその顔で砂糖菓子とアンを見比べてから、

「助かる」

怒《おこ》ったように言うと、ぶすっとしたまま背を向けて奥へ引っこんでいった。

「今、怒ってた？」

アンが首を傾《かし》げると、ルスルはクスクス笑った。

「感謝しているのよ、あれでも。けれど人間にお礼を言うのがなんとなく嫌《いや》なのよね、あの人たち。わたしは、人間に使役《しえき》されたことがないからわからないのだけれど、あの人たちは人間がすごく嫌《きら》いだって言うから」

「あ、そっか」

そう言われれば、ミスリルも恩返しのために押しかけてきた時、「恩は返すが、死んでも礼は言わないぞ」と宣言していた。

それを思い出すと、鼻の奥が少しじんとした。

──ミスリル・リッド・ポッド。寂《さび》しがってないかな？

この一年、よくよく考えたらミスリルとは三日と離れたことがなかった。

シャルがブリジットと去った時も、ずっとそばにいて励《はげ》ましてくれていた。小さくて元気なミスリルに会いたかった。

ペイジ工房の仕事も、うまくいっているのだろうか。彼らはなにがあっても仕事を続けていると信じているが、人手不足でどれほど焦《あせ》り不安になっていることだろうか。

ここに来てから十五日以上過ぎた。空気は冷え、草は枯《か》れ、空は灰色で低くなり、真冬の様相を見せる。あと一ヶ月たらずで新聖祭だ。どうにか間に合って欲しかった。

「大丈夫？　どうしたの？」

しゅんと寂しそうな顔をしてしまったせいか、ルスルが気遣《きづか》わしげに言う。

「なんでもない。ただ、はやく帰りたいの。自分がするべきことをしたい。みんなこんなところにいて平気？　羽を握られて自分のやりたいことも出来ないし、行きたいところにも行けないのに」

「やりたいこと？」

「ない？」

「そうねぇ、わたし、あまり思いつかないわ。ねぇ、誰《だれ》かやりたいことある人、いる？」

ルスルが部屋の中に向かって問うと、戦士妖精たちは首を傾げたり肩《かた》をすくめたりする。しかし一人が、「ああ……」と、なにか思いついたようにゆっくり口を開いた。

「俺は海を見たことがないんだ。海を見てみたい」

「海なんかよせよせ。つまらんぞ。俺なら、いい女を探しに行くな。貴石の女がいい」

誰かが言うと、別の誰かが笑って混ぜっ返す。

「そのご面相じゃあ、女は逃《に》げ出す」

「俺は、昔一緒《いっしょ》にいた仲間を探しに行きたい。生きてりゃいいが」

次々に妖精たちが口を開く。

ルスルはきょとんとしている。

「海って、なに？」

「知らないのか？　ルスル。海ってのは、でっかい水たまりなんだ。ハイランド王国がすっぽりはいるくらいに、でっかいんだぞ」

「まあ！　大変！　みんな溺《おぼ》れちゃう！」

仰天《ぎょうてん》したルスルに、戦士妖精たちがどっと笑った。

その様子を見て、アンもすこし笑った。彼らのような屈強な戦士妖精たちも、ペイジ工房の職人たちも、それほど違《ちが》いはない。

「みんなの羽を、取り戻《もど》してあげられたらいいのに。そうしたらみんな、自由になれる」

思わずアンが言うと、戦士妖精たちはびっくりしたように顔を見合わせた。

「自由に？　俺たちは今、人間の手を離れたんだぞ。これは自由じゃないのか」

誰かが問い返した。

「だって今のままじゃ、使役されてるのと変わらないもの。使役者が人間から、妖精の王様に変わっただけよ」

妖精たちは難題を突《つ》きつけられたように、眉根《まゆね》を寄せた。

——気がついているの、みんな？

妖精の自由のためにと、ラファルは戦士妖精たちを集めている。使役され続けていた彼らは、そのためになら戦おうと決心したのだろう。けれど自由のために戦っているはずの本人たちに、自由がない。それをうすうす感じていないはずはない。

冬の夜は、星が鋭《するど》く輝《かがや》いている。仕事を終えたキースはホリーリーフ城の庭に出て、空を見あげていた。アンがシャルとともに連れ去られて二十日以上過ぎたが、彼女が見つかったという知らせは来ない。度々、銀砂糖子爵に手紙を出して状況《じょうきょう》を確認《かくにん》しようとしたが、彼もあちこち動き回っているらしく、返事は返ってこないままだ。

──もう、アンは帰ってこないかもしれない。

夜空を見あげていると不安が大きくなり、どうしようもなく怖《こわ》くなる。

職人たちは帰ってくると信じて、仕事を続けている。キャットも「妙《みょう》なこと考えず、仕事しろ」とぼんやりしがちなキースを叱責《しっせき》した。

ミスリルにぽつりと不安を打ち明けると、彼は至極《しごく》まじめな顔をして、シャル・フェン・シャルがいるから大丈夫だ、と断言した。

けれどそれでも、不安はぬぐえない。

「そんな薄着《うすぎ》で外にいたら、風邪《かぜ》ひくんじゃない？　もう寝《ね》たら？」

ふいに後ろから声をかけられて、びっくりしてふり返った。ジョナスだった。もこもこした外套《がいとう》を羽織って、手には湯気のたつお茶のカップを持っている。肩に乗る妖精《ようせい》キャシーが、外套のフードをジョナスの頭にかぶせようと躍起《やっき》になっていた。

外套もお茶もキャシーが用意したのだろう。この妖精の、主人に対する過保護ぶりがおかしくなる。

「そうだね。もう、入るよ」

言いながらふと、ジョナスはどう考えているのか気になった。彼はアンに対していろいろ思うところがありそうだが、だからこそ、ペイジ工房《こうぼう》の職人やミスリルよりも、希望的な推測を排除《はいじょ》して冷静に状況を見ているかもしれないと思えた。

「ジョナス。君。アンは帰ってこられると思う？」

訊《き》くと、ジョナスはちょっと口元をゆがめた。キャシーが心配そうに眉根を寄せる。

しばらく考えた末に、ジョナスは口を開いた。

「帰ってくるよ」

「どうしてそう思うんだい？　二十日以上経《た》ってなんの手がかりもない。しかもこの寒さだよ」

「アンは……しぶといから」

風が吹《ふ》き、冬枯《ふゆが》れの雑木林が鳴る。ジョナスはその風の音を追うように目を泳がせる。

「しぶといし、しつこいし。馬鹿《ばか》だし。だから、どんなことがあっても平気じゃない？」

悪態をつきながらも、懸命《けんめい》に祈《いの》りの言葉を探しているようなジョナスの横顔を見て、キースは微笑《ほほえ》んだ。

「そうだね。ジョナス」

同意したことをアンに知られたら、彼女は凹《へこ》むだろうとは思ったが、今はジョナスの言葉に頷《うなず》きたかった。

「君、ずっとペイジ工房で働くの？　ジョナス」

訊くと、ジョナスは手にしたカップを見つめる。

「僕は……新聖祭が終わったら、ラドクリフ工房に帰る」

「そうなの？　意外だね。なんでそんな気になったの？」

「キースがいるから、僕なんかおよびじゃないことわかってるけど。でも、すこしがんばってみてもいいかと思うんだ。一度くらい。僕だって」

「アンみたいに？　しぶとく、かい？」

ちょっとからかうと、ジョナスは顔を真っ赤にした。

「違うよ！　違うけど。ただ、そう思ったんだ」

「うん。いいことだよジョナス」

キースは頷いて、もう一度星空に目をやった。

「僕のことは気にしなくていいよ。君が帰る時には、僕はいないはずだから」

毎日、ラファルは城砦《じょうさい》を出て行く。常に四、五人の戦士妖精を代わる代わる連れて行くが、シャルだけは常に一緒に行くことを求められる。

時折、ラファルは妖精商人や、妖精狩人《かりゅうど》を襲《おそ》った。妖精たちを集めるためだ。

ラファルは雑用をさせるための労働妖精も連れて帰ったが、大概《たいがい》は屈強《くっきょう》な戦士妖精ばかりを狙《ねら》った。彼らを使役《しえき》する人間を殺し、あるいは蹴散《けち》らし、彼らの羽を手に入れる。

妖精たちの羽は、鍵《かぎ》つきの頑丈《がんじょう》な箱に入れられラファルの自室に保管されている。箱の鍵は、常にラファルが身につけていた。

シャルの羽だけは、ラファルが肌身《はだみ》離《はな》さず持っている。警戒《けいかい》しているのだろう。

おとなしくラファルについてくる妖精が大多数だったが、時には一緒に行くことを拒否《きょひ》する妖精もいた。そんな時は、ラファルはシャルに命じてその妖精を斬《き》らせた。

仲間を斬るのは、嫌《いや》な感触《かんしょく》だった。そして人間たちを襲うのも、憂鬱《ゆううつ》だった。

昔は考えることもなかったが、斬った相手一人一人がなにを考え、誰を愛し、なんのために生きていたのか。そんなことを思ってしまう。

斬った人間の姿が、アンやペイジ工房の連中と重なることもある。

城砦に来てから一ヶ月以上たち、妖精たちの数も膨《ふく》れあがっていた。

——もう、六十人近くになるはずだ。

シャルが加わったことで、ラファルと数人の戦士妖精たちで活動していた時よりも、はるかに襲撃《しゅうげき》の成功率が上がったらしい。

今日もシャルは、血を浴びた。

左頬《ほお》から首筋、髪の先。左肩《かた》、両腕《りょううで》。返り血で粘《ねば》り、嫌なにおいがする。

同行した妖精の一人は、傷を負った。命に別状はなさそうだったが、深手だった。

空は暗く、雪が降り出していた。枯《か》れ草や枯れ枝《えだ》にうっすらと雪が積もりはじめている。この城砦に来てから何度も雪は降ったが、積もることはなくすぐに消えていた。けれど今日の雪はこれまでと違う。みるみる辺りを覆《おお》い、消える様子がない。

この雪が一晩続けば、明日の朝には荒野《こうや》は白一色の世界に変わるだろう。

城砦に帰ると、傷を負った仲間に肩を貸しながら、同行した妖精たちは馬を下りた。

シャルも青毛馬の背から下り、水を浴びるために井戸《いど》に向かおうとした。するとその背に、同行した妖精の一人が声をかけた。

「おい」

彼らから声をかけてくることは、滅多《めった》にない。ラファルになにか言い含《ふく》められているのか、それとも剣《けん》をふるうシャルの様子を見ているからなのか、シャルを少し恐《おそ》れている様子もある。

ふり返ると、妖精は遠慮《えんりよ》するように声を落として言った。

「あの子に伝えてくれ。できればなんだが……」

「あの子？」

「あんたと一緒《いっしょ》にいる、人間の女の子だ。あの子に伝えてくれ。怪我《けが》をした奴《やつ》がいる。できれば、また今日も砂糖菓子を作ってやってくれと。ルスルに渡《わた》してくれれば」

「砂糖菓子？」

眉根《まゆね》を寄せると、妖精たちはびくりとして後ずさりした。

「いや、いいんだ。ただ、できればと……」

ルスルに砂糖菓子を作ってやった日から、アンがせっせと銀砂糖を練っている姿をよく見るようになった。そのわりには形になった砂糖菓子を見ないと思っていたら、どうやら作った砂糖菓子は、ルスルの手から彼らに渡っているらしい。

ルスルに求められ、暇《ひま》に任せて作っているのだろう。

こんなところに来てまで、やっぱり砂糖菓子を作っている。

──まったく。いつもいつも。

ちょっと笑った。シャルが笑ったのを見て、妖精たちがびっくりした顔をした。

「伝えておく」

告げると、妖精たちに背を向けた。

井戸は城砦の地下にあった。

石の階段を下りると、薄暗《うすぐら》い湿《しめ》った石造りの部屋の中央に井戸がある。天井《てんじょう》近くに、地面ぎりぎりに開いた小さな明かり取りの窓があり、枯れた雑草の根元あたりが見える。

服を脱《ぬ》ぎ、井戸から引きあげた釣瓶《つるべ》で水をかぶる。何度も水をくみあげて浴びた。足下《あしもと》に赤く汚《よご》れた水が流れた。水を浴びても寒いとも冷たいとも感じないが、吐《は》く息だけが白く散る。

水をかぶりながら、集められた妖精たちのことを考えていた。

どの妖精も屈強で、人間の二人や三人相手ならば引けを取りそうにない。それが六十人以上集められているとなると、そこそこの戦力だ。

妖精たちの話を聞くと、ラファルは一年ほど前から妖精たちを集めだしたらしい。それ以前、彼が何をしていたのか、知っている者はいなかった。

それまでラファルは何をして、何を考えていたのだろうか。そしてなぜ一年前から、いきなり妖精たちを集め始めたのか。

昨日血で汚れた服は、洗われて部屋の隅《すみ》に置いてあった。ラファルに命じられたのか、妖精の誰《だれ》かが毎日そうやって、汚れた服を洗ってそこに置いてくれる。

服を身につけていると、石段を下りてくるブーツの足音がした。

「水など浴びずに、そのまま部屋に帰ってはどうだ？」

ラファルだった。彼を無視して服を着終えると、乾《かわ》いた布で滴《しずく》が落ちる髪を拭《ふ》く。毛先から、水の滴が落ちる。滴は睫《まつげ》や、頰、手の甲《こう》に落ちて、するりと肌《はだ》の上を撫《な》でるように滑《すべ》り落ちる。戦いの余韻《よいん》が残る体が、その感触にいちいち反応するようにぞくぞくする。いつもなら楽しめるはずの戦いのあとのその感覚さえも、今は忌々《いまいま》しい。

「あの姿を見れば、アンにもわかるだろう。おまえとは、住む世界が違《ちが》うということが」

「住む世界は同じだ。妖精《ようせい》も人間も、同じ地面の上にいる」

「なるほど。そうとも言える。だから争うのだがな」

不愉快《ふゆかい》な相手と、長々と一緒にいる気はなかった。髪を拭いていた布を放《ほう》り、階段に向かう。

「仲間を集めるのは、今日で終わりにする」

階段に足をかけようとしたシャルの背に、ラファルが告げた。シャルは足を止めたが、ふり返らなかった。

「結構なことだ。俺は休暇《きゅうか》でももらえるのか?」

「仲間が増えて城砦が手狭《てぜま》になったから、もっと広い場所が欲しい。兵士たちの世話をさせるために、使役する人間も必要だな」

楽しげな口調に嫌なものを感じ、眉《まゆ》をひそめ振《ふ》り向いた。

「ルイストンとウェストルの中間あたりに、小さな人間の村がある。山間の村で他《ほか》の村々と離《はな》れているが、小麦の実りはいい。砂糖林檎《りんご》の森も近くにある。人口は百五十人足らず。外部との接触《せっしょく》は、時折行商人が立ち寄るか、村人が町に買い物に行くくらいだ。武器を使えるような人間はいない。好条件だと思わないか？」

「その村を襲うのか？」

「我々の領地にする」

ラファルの薄《うす》ら笑いに、気分が悪くなる。

六十人近くの戦士妖精が、百五十人の農民に襲いかかれば、あっという間に村を占拠《せんきょ》できるはずだ。圧倒《あっとう》的な力で無力な者をねじ伏《ふ》せる行為《こうい》だ。

「村を支配下に置く州公は黙《だま》っていない。国王もな」

「手は出せない。百五十人の村人が人質《ひとじち》だ。さすがに人間も、村ごと切り捨てるわけにもいくまい」

ラファルの目には、残酷《ざんこく》なよろこびがある。なんとも嬉《うれ》しそうな、いやな笑い方をする。

ラファルは、シャルたちを城砦に連れてきた最初の日に、シャルに告げた。五百年前に死んだ最後の妖精王リゼルバ・シリル・サッシュのかわりに妖精の自由と、妖精の国を取り戻《もど》す。そのためにともに妖精王となり、仲間を集め、人間と戦うのだと。

しかし、ほんとうにそうなのだろうか。

――違う。

直感した。

ラファルの語る大義は、最終的にはそうなればいいと思っているものに違いない。だが今彼を動かしているのは、もっと生々しい感情に直結したものだ。そうでなければ、残酷な戦いをこれほど嬉しげに語るはずがない。そこまで考えて、気がついた。

――そうか……。片羽か。

それでようやく、腑《ふ》に落ちる。

「嬉しそうだな」

問うと、ラファルは笑って小首を傾《かし》げた。

「そう見えるか？」

「報復は楽しいか？　ラファル」

シャルの静かな問いに、ラファルが眉根を寄せる。

ゆっくりとラファルに近寄り、シャルは彼の片羽に視線を注いだ。膝裏に届くさらりと長い羽は、シャルと同様背に一枚だ。緑と青を混ぜたような色みで、半ば透《す》けている。

「なぜ片羽を失った」

訊《き》いた途端《とたん》に、ラファルの表情が消えた。

「おまえは、人間に使役《しえき》されていたんだろう？」

続けて問うと、曖昧《あいまい》で柔《やわ》らかな色をしていたラファルの髪が、さっと赤みを帯びる。侮辱《ぶじょく》されたかのように、その目に怒《いか》りが宿る。

「一年前まで、おまえがどこで何をしていたのか誰も知らない。一年前突然《とつぜん》現れ、妖精王と名乗り、妖精を集め始めた。俺よりも前に生まれたおまえが、どうして百年、活動しなかったのか。おそらく活動出来なかったからなんだろう。出来なかった理由は、一つしか思い当たらない。人間に使役されていた」

「黙るんだ……シャル」

ラファルはシャルを睨《にら》みつけた。

「俺はなにも知らなかった。だがおまえは、自分が妖精王に選ばれたと知っていた。それなのに人間に捕《と》らえられ使役されるのは、苦痛だったはずだ。一年前に、ようやく人間の手を逃《のが》れられたのか？」

一度人間に捕《つか》まり羽を握《にぎ》られてしまえば、逃《に》げ出すことは容易ではない。現にシャルも、何度も逃亡《とうぼう》を試みながら逃げられなかった。特に戦闘《せんとう》能力の高い妖精を使役する人間たちは用心深い。

「黙るんだ。おまえの羽がわたしの手にあることを忘れているのか？」

「羽か。おまえが集めた妖精の羽を、自分が握るのは誰も信用していないからだ。なぜ仲間の妖精すら信用しない？　裏切られでもしたか？」

感情を抑《おさ》えようとしているらしいが、わずかに、ラファルの口元がゆがんだ。

ラファルのような妖精が、そう簡単に人間に捕まるはずはない。けれどその彼が人間に狩《か》られたとなれば、なにか彼が油断する要因があったからだろう。

「仲間に裏切られ、人間の手に落ちたか？　おまえは人間のみならず、仲間の妖精ですら憎《にく》いのか？　おまえは二枚の羽を持っていた妖精にも、羽を捧《ささ》げさせている。腹が立ったか？　己《おのれ》は片羽なのに、二枚の羽を持つ妖精が目の前にいるのが。小娘《こむすめ》の嫉妬《しっと》のようだな」

「侮辱するのか！」

摑《つか》みかかろうとするラファルの手をかわし、シャルはふっと笑った。

「侮辱？　ただの事実だろう」

自分の生まれた意味も知らずにいたシャルでさえ、人間に使役されることは、腸《はらわた》が煮《に》えくりかえるほどの屈辱《くつじょく》だった。ラファルが、自らが妖精王リゼルバ・シリル・サッシュに選ばれた命だと知って人間に使役されていたとするならば、彼の屈辱感はどれほどだったか。

そこから生まれる怒りと憎しみは、自らの心を焼き尽《つ》くすほど激しかったに違いない。

焼けただれた心で自由を得て、彼は妖精王を名乗った。

妖精の自由を取り戻すと宣言し、仲間を集めた。

だがそんな大義名分の底には、くすぶり続ける憎しみと怒りがある。

大義はただ、人間へ報復するための手段だ。

そしておそらく仲間を集めることすら、仲間への報復なのだ。

なにがあったかはわからないが、彼は妖精の仲間ですら、力でねじ伏せ支配しようとしている。支配することで、仲間に対する鬱憤《うっぷん》を晴らそうとしている。

「妖精王となり妖精に自由を取り戻す？　それがおまえの願いかと思ったが、そこまで崇高《すうこう》ではないらしいな。おまえはただ、報復したいだけだ。怒りと憎しみのままに、人間を攻撃《こうげき》したいだけだ。仲間たちを力でねじ伏せたいだけだ」

シャルを捕まえそこねたラファルは、唸《うな》るように言った。

「なにが違う？　妖精に自由を取り戻すためには、人間を憎み攻撃する必要がある。なにも考えず漫然《まんぜん》と生きる仲間たちを集め、彼らが馬鹿《ばか》な行いをしないように支配するのも必要なことだ。そして仮にわたしが報復や支配を楽しんでいたとしても、なんの問題がある」

「報復や支配は、妖精王となるべき者の楽しみではないはずだ」

冷然と言い放つと、階段をのぼった。

――ゆがんでいる。

妖精王になるべきだという信念だけは、ラファルの中に生き続けている。

だがその動機となるものが、怒りと憎しみで溶《と》け崩《くず》れ、得体の知れないものになっている。

ただ人間への憎しみと、身を焼き尽くすような怒りは理解できる。アンに出会うまで、シャルもそんな憎しみと怒りを感じて生きていた。

今日もアンは、砂糖菓子を作った。毎日銀砂糖を練っていれば気が紛《まぎ》れるし、妖精《ようせい》たちは喜んでくれる。城砦《じょうさい》の廊下《ろうか》は、窓に板の戸やガラスなどは入っていない。吹《ふ》きさらしなので、自分の部屋を出ると寒さに震《ふる》えがくる。夕暮れで、窓の外は灰色だ。雪が降り始めていた。窓から見渡《みわた》せる荒野《こうや》が、みるみる白くなっていく。

今日作った砂糖菓子を持って、アンは急いで妖精たちの部屋に向かった。部屋の戸をノックすると、戦士妖精の一人が扉《とびら》を開いた。むっつりした顔の戦士妖精は、アンを見おろして表情を緩《ゆる》めた。

「あんたか」

「砂糖菓子を持ってきたの。今日も必要？」

「ああ、助かる。あの人に聞いて持ってきてくれたのか」

「あの人？」

「シャル・フェン・シャルだ。彼から、聞いてないか？」

「シャルはまだ部屋に帰ってきてないの」

「ああ……そうか。あの姿じゃな」

眉根《まゆね》を寄せた妖精の背後から、ルスルがぴょんっと飛んで出て彼の肩《かた》に乗った。

「今日も怪我人《けがにん》がいるのよ。ありがとう、アン」

「どういたしまして。はい」

砂糖菓子をのせた板を差し出すと、戦士妖精は受け取った。それを見おろして、戦士妖精はぽつりと言った。

「あんた人間なのに、なんで妖精に砂糖菓子をくれるんだ？」

「どうしてって。必要だって言ってくれたから」

「なにをしている？」

ふいに、ひやりとする手が肩に置かれた。

「どうしてここに砂糖菓子を持ってきたんだ？　銀砂糖師」

ぞっとして、思わずその手をふり払《はら》った。飛び退《の》いてふり返った。

ラファルが微笑《ほほえ》んでいた。ルスルが慌《あわ》てたように顔を伏《ふ》せ、部屋の奥にいた妖精たちも緊張《きんちょう》した様子でこちらに注目した。ラファルは戦士妖精が手にしている砂糖菓子に、視線を注いでいた。

「どういうことかな？　わたしにはあの屑《くず》のような砂糖菓子を作っておいて、それきりなのに。こんな場所に、これほど美しい砂糖菓子を作って持ってきているのは」

アンは戸口に立ちふさがるようにして、彼の視線を砂糖菓子から遮《さえぎ》った。

「あなたのためにも、作るわ。これはあの人たちのためのものだから……」

「わたしの問いの意味がわかっていないらしいな？　わたしにはあの屑しか作らないのに、なぜ彼らのためにはあれほど綺麗《きれい》なものを作るんだ？　その理由を聞きたいんだよ、わたしは」

「あなたの砂糖菓子だから手を抜《ぬ》いたなんてことはない。けど、でも……。あまりうまくいかないの。だから……」

するとラファルが突然、喉《のど》の奥でくっくと笑い出した。

「わざと作らないのではなく、作れないいのか？　わたしのためには。拒絶《きょぜつ》しているのか？　心の底で、わたしに砂糖菓子を作ることを」

「ごめんなさい……でも」

「ほんとうに忌々《いまいま》しい小娘だ」

呟《つぶや》いたと思うと、いきなりアンの手を摑んだ。

「来い」

ぐんと腕《うで》を引っ張られ、肩が抜けるかと思うほど痛かった。顔をしかめたアンにかまわず、ラファルはアンを引きずるようにして、大股《おおまた》に歩き出した。

「あ、あの……ラファル様！　お待ちください！」

ルスルがびくびくしながらも、呼び止めた。戦士妖精たちも、部屋から飛び出してきた。

「なんだ」

露骨《ろこつ》に不愉快《ふゆかい》な表情でふり返るラファルに、ルスルは青ざめながらも言った。

「あ、あの……、あの……、そのお嬢《じょう》さん。どうなさるおつもりですか？」

「役に立たない人間を飼っておく必要はない」

「ラファル様」

戦士妖精が、ぼそりと低い声で言った。

「そいつは、役に立ってます。怪我がよくなった」

「わたしのために砂糖菓子を作れないのならば、意味はない。銀砂糖師なら、また新しく捕《つか》まえてくる。所詮《しょせん》人間だ。おまえたちが気にする必要はない」

切り捨てるように言うと、ラファルはまた歩き出した。ルスルと戦士妖精たちが、戸惑《とまど》ったようにアンを見送っている。

強い力で腕を引かれ、大きな扉のついた部屋に連れてこられた。ラファルの自室らしく、広々とした部屋の床《ゆか》に毛織りの敷物《しきもの》と、大きなベッド、金具で装飾《そうしょく》された衣装ケースなどが並んでいる。

扉から中に放《ほう》りこまれるように強く押し込まれて、石床につまずいた。たたらを踏《ふ》んで、部屋の真ん中あたりで床に手をつく。

部屋に火の気はなく、寒い。開け放たれた窓から、ちらちらと雪が吹きこんでいた。

後ろ手に扉を閉め、ラファルはアンを見おろした。

──殺すつもりだ……。

虫けらを見るような無感動な目を見て感じた。

ラファルの髪《かみ》の色が、頭頂部からじわじわと透明感《とうめいかん》のある赤色に変化する。両掌を上に向けて胸の前で広げると、そこに銀赤の光の粒《つぶ》が寄り集まってくる。

それを目にして、床についた手が震えだす。

「わたしは、諦《あきら》めていた。わたしとともに生きる者など、存在はしないと。妖精どもは、無知で考えなしで、愚《おろ》かしい。羽を握《にぎ》って支配でもしなければ、なにをしでかすかわからない。手にした金剛石《ダイヤモンド》の時は、満ちている。なのになぜか、生まれない。黒曜石は、所在がわからない。生きているのかすらも怪《あや》しかった。もう、わたししかいない。妖精の屈辱《くつじょく》的な現実をどうにかするためには、わたしが王となる他《ほか》ない。そう思っていた」

淡々《たんたん》とラファルが言った。声は平坦《へいたん》なのに、彼がどうしようもないほど苛立《いらだ》ちを抱《かか》えているのがその目を見ればわかる。

「だが黒曜石が生きていた。そして出会えた。なのに黒曜石は、シャル・フェン・シャルは人間の小娘《こむすめ》にそそのかされ、人間どもに肩入《かたい》れしている。おまえさえいなければ、彼はもっと違《ちが》った考えを持っていたはずだ。わたしの唯一《ゆいいつ》にして、無二のつがいとして生きたはずだ。なのに、どうして……！」

言いながらゆっくり近づいてきた。なぜか声に、絶望感に似た響《ひび》きがある。

――この人は、寂《さび》しいの？

ラファルとシャルは、同じ場所で生まれたと言っていた。彼らは他の妖精たちよりも、互《たが》いを近い存在に感じるのかもしれない。ラファルは、他の妖精たちを愚かしいと切り捨てながらも、シャルだけは対等な存在と思っているのだろうか。

妖精も人間も自分以下だと切り捨て、ただ一人生きていて寂しくないはずはない。

だから唯一対等な存在だと思えるシャルを、仲間にしたいのだ。シャルの羽を握り彼を支配しながら、彼とわかりあいたいと願っている。母親を亡《な》くしたアンが、シャルの羽を握りながら、友だちになりたいと願ったのと同じだ。

震える声で、反論した。

「シャルはわたしがいてもいなくても、今のシャルよ。シャルがあなたを好きにならないのは、あなたがひどいことをしたり、シャルや仲間の羽を握ってたりするからなの。シャルと友だちになりたいなら、友だちになれるように親切にしたり」

「黒曜石を、人間ごときが名で呼ぶな！　彼はわたしと同じ、妖精王に選ばれた命で、妖精王となるべき者なんだ」

——妖精王!?

思いも寄らない言葉だった。

——シャルが？　どういうこと？

両手の中に現れた銀赤の糸をラファルはしならせた。空気を切り裂《さ》く音がして、アンの足首に銀赤の糸が巻きついた。

「おまえさえいなければ、シャルの羽を握ることなどせずにすんだはずだ。そんなことをせずとも、彼はわたしとともに生きたはずだ。おまえがなにもかも、悪い」

足首に巻きついた銀赤の冷たい糸の感触《かんしょく》に、叫《さけ》び出したいほどの恐怖《きょうふ》を感じる。

ラファルは糸をたぐり寄せるようにして、アンの前まで来ると跪《ひざまず》いて顔を覗《のぞ》きこんだ。

「シャルには、おまえを解放したと言っておこう。疑ったとしても、確かめるすべはない。わたしが羽を握っている限り、彼に自由はない。そして五十年も経《た》てば、彼もおまえのことなど忘れる。それからゆっくりと、百年時間をかけてでも、シャルの考えを変えていけばいい。それにはまず、おまえが邪魔《じゃま》だ！」


部屋に帰ると、アンがいなかった。おそらく妖精《ようせい》たちのところに、作った砂糖菓子を届けに行ったのだろう。早く顔が見たかった。探しに行こうと、再び部屋を出る。

——明日、ラファルは村を襲《おそ》う。

それを考えると嫌《いや》な気分になる。城砦《じょうさい》の廊下《ろうか》に並ぶ窓からは暗い空が見え、雪が吹《ふ》きこんでいる。今夜の雪は積もるだろう。

——雪が積もれば、残してきた痕跡《こんせき》が消える。なにをぐずぐずしている。銀砂糖子爵。

妖精たちの部屋に行くため廊下の角を曲がると、その先の廊下に妖精たちが寄り集まって顔を見合わせ、ささやきあっているのが目に入った。

何かがあったと直感し、早足に近寄った。

「なにがあった」

訊《き》くと、彼らがびっくりしたようにふり返った。

「あ、シャル」

廊下の窓枠《まどわく》にいたルスルが、泣きそうな顔をする。

「どうした」

「アンが……」

言いかけると、戦士妖精の一人がルスルの声を遮《さえぎ》った。

「やめろルスル！　ラファル様に殺されるぞ！」

声をあげた妖精を、シャルは睨《にら》みつけた。

「おまえたちはラファルに飼われて満足か？　あいつの機嫌《きげん》を窺《うかが》って、命令に従って、人間に使役《しえき》されるのとなにが違う。よく考えろ。なにが違う。俺はあいつに飼われる気はない。だから大切な者は守る」

静かな怒《いか》りの声に、妖精たちはひるんだように口をつぐんだ。

「アンがおまえたちになにをした？　人間のあいつが、人間だから憎《にく》いのであればいい。なにも言うな。だがそうでないなら、教えろ。アンがどうした」

――斬《き》られる！

ぎゅっと目を閉じて、歯を食いしばった。

その時、扉《とびら》が開く音がした。

はっと目を開くと、シャルが低い姿勢で剣《けん》を構え、横なぎにラファルの背中に斬りかかったのが見えた。とっさにラファルが飛び退《の》くと、シャルはラファルにはかまわずラファルの手からアンの足首へと伸《の》びる銀赤の糸を斬りあげた。

甲高《かんだか》い音がして、切り口が跳《は》ねるのと同時に、アンの足首に絡《から》みついていた銀赤の糸がぱっと光の粒になって消えた。

アンに背を見せ彼女の前に跪き、シャルは剣を構える。

「言ったはずだ、ラファル。なにかすれば、おまえを斬る」

「あの者たちが教えたのか。やはりわたしの意図などくみ取れぬほど、奴《やつ》らは愚かしい。羽を握って支配する以外に、あの愚か者たちを御《ぎょ》する方法はない」

苦々しくつぶやくラファルに、シャルは静かに答えた。

「たったあれだけの妖精すらも羽を握らなければ従えられないおまえは、妖精王にはなれない」

「ならば、おまえがなるか？　おまえならあの愚か者どもを、羽を握らず従えられるか？」

「従わせる必要はない。妖精の自由を手に入れるにしても、妖精王は必要ない。俺はもっと別の、なにかを探す」

「その前に我々の誇《ほこ》りは、人間の手で滅《ほろ》びるだろう。やはりわたしが妖精王で、支配する者だ。それは譲《ゆず》らない。おまえも支配するまでだ」

言うなりラファルは上衣《うわぎ》の内側に手を入れて、小さな革《かわ》の袋《ふくろ》を取り出した。見覚えがあるそれは、シャルの羽を入れてある袋だった。彼はそれを片手で握りつぶすように強く握った。

シャルが呻《うめ》いた。体が傾《かし》ぎ、剣を握っていない手を床《ゆか》についた。

「シャル！」

あわててシャルの体を支える。

「逃《に》げろ、部屋の外へ……」

「でも」

「行け！　邪魔だ！」

苦痛に顔をゆがめながら叫んだシャルの言葉に、アンは突《つ》き飛ばされるように立ちあがり部屋の外へ駆《か》け出した。シャルが言うとおり、アンがそばにいては邪魔だ。自分にはなんの力もないし、そばにいてもなにも出来ない。

駆け出してすぐに、廊下にたむろしている戦士妖精の一団が目に飛び込んできた。彼らはラファルの部屋の様子をうかがっていたらしいが、アンが飛び出してきたのを見て目を丸くする。

「アン!?」

戦士妖精の一団から、ルスルが飛び出した。

「よかった、アン！　シャルがとめてくれたのね！」

「ルスル！」

涙《なみだ》がこぼれた。小さな妖精に駆け寄り、廊下にへたり込むようにして叫んだ。

「シャルが、ラファルに殺されちゃう！　羽を握《にぎ》られて、今！」

顔をあげて、戦士妖精たちを見あげた。

「お願い、お願い！　シャルを助けて！　あのままじゃ、どうにかされちゃう！　わたしを助けようとしたから！」

のっそりと、一人の戦士妖精がアンの前に進み出た。そしていきなり、強い力でアンの手首を握って彼女の体を引きずりあげた。


「苦しいか？」

ラファルは羽が入った袋を強く握りながら、薄《うす》ら笑いでシャルの前に跪いた。

体がよじれ、ばらばらに散っていきそうな恐怖《きょうふ》と痛みに耐《た》えながら、歯を食いしばってラファルを睨む。しかし痛みに、声すら出ない。

「わたしを侮辱《ぶじょく》し、人間をかばった罰《ばつ》だ」

そこでラファルは、ふと真顔になる。

「可哀相《かわいそう》に。苦しいだろう。もしおまえを見つけたら、つがいの王として互《たが》いに尊敬しあい、慈《いつく》しみあえると思っていたのに。なぜこんなことになったのか。なにもかも人間どもが悪い」

さらに強く袋を握られ、あまりの苦しさと痛みに、手から剣が離《はな》れた。

床に落ちた剣が光の粒《つぶ》になって消えるのと一緒《いっしょ》に、シャルはその場に横倒《よこだお》しになって両手で体を抱《かか》えるようにして丸まった。

「ラファル様」

開いたままになっていた扉から、戦士妖精が数人ぞろりと入ってきた。アンを連れていた。

アンは後ろ手に両手首を握られて、痛そうな顔をしている。

「連れてきました」

無表情な彼らを、アンは悲しそうな目で見あげる。

「よくやった」

ラファルはかがみこんで、シャルの耳元に囁《ささや》いた。

「見ているがいい。おまえの可愛《かわい》い銀砂糖師がどうなるか」

痛みに声が出なかった。焦《あせ》りだけが、体の中で声をあげる。

──アン！

ふと、痛みが消えた。ラファルが羽の入った袋を上衣の内側に戻《もど》すと立ち上がり、アンの方へ向かって歩き出した。手をついて起き上がろうとしたが、痛みの余韻《よいん》に全身が震《ふる》えて思うように体が動かない。

ラファルがアンの方へ手を伸ばした瞬間《しゅんかん》、小さな妖精《ようせい》がアンの肩口《かたぐち》から飛びだした。ルスルだった。ラファルが眉《まゆ》をひそめるより早く、彼女は彼の上衣の内側に滑《すべ》り込んだ。

「貴様!?」

慌《あわ》てたラファルがルスルを捕《つか》まえようとするが、その前に彼女は、シャルの羽が入った袋を手に再び跳躍《ちょうやく》していた。一つ、二つ、床を蹴《け》ってルスルはシャルの懐《ふところ》に飛び込んでいた。

「シャル！　あなたの羽よ！」

ラファルが手にある銀赤の糸を構え、しならせる。シャルはルスルを抱《だ》いて床を転がり、飛来した銀赤の糸を避《よ》けた。起き上がりざまに膝をつき、右手を軽く広げる。そこに意識を集中し、再び白銀の剣を出現させる。

シャルに逃げられたとわかると、ラファルは舌打ちして、アンの腕を摑《つか》もうとした。しかしアンは、戦士妖精に突き飛ばされて部屋の外へ押し出された。

「なんの真似《まね》だ!?」

目を見開くラファルに、戦士妖精が静かに言った。

「ラファル様。あの子は、逃がしてください。人間ですが、逃がしてください」

「愚《おろ》か者が!!」

叫《さけ》んで飛び退き、銀赤の糸をふるおうとするラファルに向かって、シャルは姿勢を低くして駆けた。足下《あしもと》をすくうように斬りかかると、さらにラファルは飛び退く。

「城砦《じょうさい》の外へ逃げろ、アン！」

シャルは間を開けずラファルに斬りかかりながら、廊下《ろうか》の外へ向けて叫んだ。狭《せま》い場所で間合いを詰《つ》めたおかげで、ラファルは銀赤の糸を繰《く》り出しあぐねて、シャルの剣に押されるように飛び退く。それを追って、さらにシャルは踏《ふ》み出して、剣をふるう。隙《すき》を与《あた》えてはいけない。

「ルスル・エル・ミン！　行け！　アンを連れて！」

シャルの命令の声に、ルスルが駆け出した。

「全員、罰する！　羽を焼く！」

シャルの刃《やいば》を避けながら、ラファルは怒《いか》りの声をあげると、銀赤の糸をしならせて出入り口に向けて走った。飛来する糸をシャルは斬って落とした。

出入り口に固まる戦士妖精たちは銀赤の糸に押されるように逃げ散り、そこへラファルが突っ込んだ。戦士妖精たちが何人か銀赤の糸に触《ふ》れ傷つき、ぱっと光が散り悲鳴をあげた。

シャルはラファルを追って駆け出し、戦士妖精たちに命じた。

「怪我人《けが》を連れて、おまえたちも城砦を出ろ！」

飛ぶように駆ける銀赤の髪《かみ》を追う。細い廊下を抜《ぬ》け、螺旋《らせん》状の階段を駆けあがる。暗い階段室の終わりには、アーチ型の出入り口があった。灰色の空が見える。

階段室を出ると、強い風が雪のつぶてとともに横殴《よこなぐ》りに吹《ふ》き付けた。

そこは城壁《じょうへき》の歩廊《ほろう》の上だった。歩廊は前にも後ろにも、長く続いている。

歩廊の幅《はば》は、シャルの歩幅《ほはば》で三歩ほどしかない。歩廊の外側には矢狭間《やはざま》をつけた壁《かべ》が、等間《とうかん》隔《かく》にならんでいる。壁と壁の間は、なにもない。人一人が楽に通り抜けられるほど、広い隙間《すきま》が空いている。そして内側には、壁がない。足下に、城の中庭が広がっている。目がくらむような高さだ。

雪が激しく降っていた。荒野《こうや》を渡《わた》る風が城壁にぶつかり、地面からめくれあがるように雪とともに吹きあげてくる。吹きあがる風に、髪と衣装が躍《おど》り乱れる。

「来い、シャル！」

ラファルは矢狭間の前に立ち、こちらに向けて銀赤の糸を繰り出そうと構えていた。シャルは剣《けん》を握り直し、姿勢を低く構えようとした。

その時だった。空を覆《おお》うように唸《うな》る風の音を圧する、たくさんの馬のいななきが地上から聞こえた。

ラファルがはっと、壁と壁の隙間から雪の荒野に目をやる。

シャルも剣を構えながらも、そちらに目をやった。

城砦の前には二百騎《き》ばかりの騎馬《きば》兵が整然と並んでいた。旗印は、ダウニング伯爵《はくしゃく》家の紋章《もんしょう》。そして後方には、銀砂糖子爵の旗もある。

それを見おろして、シャルは笑った。

「愚図《ぐず》め。やっと来たか、銀砂糖子爵」

ラファルは歩廊の上から、呆然《ぼうぜん》と騎馬兵を見おろす。

「なぜここが人間どもに」

シャルはゆっくりとラファルに近づいた。歩廊の石床《ゆか》に積もった雪を、一歩一歩踏んでいく。

「銀砂糖の樽《たる》を盗《ぬす》んで来たのが、間違《まちが》いだ。樽から銀砂糖がこぼれていた。彼らは、それを追ってきた」

「おまえなのか、シャル」

ラファルは無表情で振《ふ》り向いた。透明感《とうめいかん》のある赤い髪が、強い風に乱れる。

「銀砂糖子爵が、銀砂糖独特の白い輝《かがや》きを見過ごすはずはない。そのうえ運がよかった。初冬で、銀砂糖を食《あ》い荒らす虫はいない。一番心配したのは雪が銀砂糖を覆い隠《かく》すことだったが、積もる前に銀砂糖子爵はここに辿《たど》り着いた」

「またわたしは、裏切られるのか。仲間に……よりによって、おまえに」

「羽を握《にぎ》っている限り、おまえは使役《しえき》者だった。仲間ではない。裏切るも、裏切られたもない。

使役者は妖精に敵意をもたれる存在だ。一年前、十五歳だった人間の女の子ですらそれを知っていたのに、おまえはそれに気がつかなかった」

言葉が終わるか終わらないかのうちに、シャルは矢のような鋭《するど》さで駆《か》けた。どこか虚脱《きよだつ》したような様子のラファルの懐に、シャルは一気に飛びこんだ。銀赤の糸を構えたラファルだったが、シャルの方が早かった。間合いを詰められ、ラファルは糸を繰り出せない。シャルは切っ先をラファルの胸に突《つ》きつけた。

ラファルは切っ先に押され、じりじりと後退した。壁と壁の隙間に追い詰められる。ブーツのかかとが歩廊の端《はし》にかかり、危《あや》ういバランスを保ったところで立ち止まる。

「鍵《かぎ》を出せ。妖精たちの羽を収めた箱の鍵だ」

するとラファルは、疲《つか》れたように息をついた。

「愚か者どもなど、もう必要ない。取れ」

ラファルは、上衣《うわぎ》の内側を探《さぐ》り鍵を歩廊の上に投げ捨てた。真鍮製《しんちゆう》の、大きな鍵だった。

そしてシャルの目をじっと見た。敵意や、憎悪《ぞうお》はない。ただ諦《あきら》めに似たなにかが見える。

「アンと出会う前におまえを見つけていたら、おまえはこうやってわたしに剣を突きつけたりしなかっただろうな」

「おそらくな。一年、遅《おそ》かった。たった一年だ。だが、それが運命だ」

もしシャルが一年前アンに出会わなければ、シャルはラファルに共感していたはずだ。彼と同じように考え、彼のように憎《にく》しみと怒りのままに動いていたかもしれない。

一つの出会いが運命を分け、こうして敵として向かい合うことになった。

とても似たものであるはずなのに、表と裏のように、違《ちが》う運命を背負い、違う道を歩くのだ。

剣を突きつけたまま、しばらく動きを止めた。わずかなためらいがあったのは、ラファルが、歪《ゆが》んだ鏡に映った自分の姿に思えたからだ。

「ラファル。終わりだ」

剣を突き出そうと構え直した瞬間、ラファルがふっと笑った。

「運命か」

穏《おだ》やかな声だった。ラファルの心の中から、なにかがこぼれ出たような声だった。そしてゆっくりとラファルの体が背後に傾《かし》いだ。

ゆるくうねる赤い髪が、ふわりと体の前に流れる。銀赤の糸を握っていた両手がふっと力をなくしたように開き、銀赤の糸は宙に放《ほう》り出された瞬間、光の粒《つぶ》になってきらめいて霧散《むさん》した。なにかが抜け落ちたように彼の表情はぼんやりとして、青と緑の曖昧《あいまい》な色の瞳《ひとみ》は、灰色の空を見あげていた。睫《まつげ》に、雪が触れる。白い横顔が、暗い灰色と白の世界の中で、寂《さび》しげに際立《きわだ》つ。

次の瞬間、ラファルの体が消えていた。落ちた。

「ラファル！」

歩廊の端に駆け寄って見おろした。真っ白な雪が上下左右から吹きすさぶ中に、赤い花びら

が一つ浮《う》いたようだった。その花びらはすぐに小さくなり、雪に紛《まぎ》れ、消えた。

しばらく、足下を見おろしていた。心の中にある何かが欠けてしまったような空《むな》しさが、雪とともに胸に吹きこむ。突風《とっぷう》が雪を舞《ま》いあげて、遠い地上は見えない。


城砦から飛び出したアンとルスル、そして戦士妖精《ようせい》たちは、目の前に整列した騎馬兵に目を見張った。雪が激しく降り続き、薄闇《うすやみ》が迫《せま》る荒野に、二百騎あまりの騎兵《きへい》が整列している様は異様だった。馬が嘶《いなな》き、鎧《よろい》がこすれる音が重く響《ひび》く。

足を止め、アンは唖然《あぜん》と彼らを見つめていた。

——これは、なに？

ルスルはアンの肩《かた》のうえで目を丸くしていたが、戦士妖精たちが緊張《きんちょう》したように、手にした槍《やり》や腰《こし》にある剣の柄《つか》に手をかけて構える。

驚《おどろ》いたのは騎馬兵たちも同じらしく、動揺《どうよう》したようにざわついたが、すぐに腰にある剣の柄に手をかける。

双方《そうほう》に緊張が走る。その時。

「全軍、動くな」

静かな声が、雪の紗幕《しゃまく》の向こうから聞こえた。

「アン・ハルフォード？」

左右を騎馬兵に守られながら、鎧姿の老人がゆっくりと馬を進めて前に出て来た。

「ダウニング伯爵!?」

驚きながらも、アンはダウニング伯爵に駆け寄り、膝《ひざ》を折った。

「無事で何よりだった。ハルフォード。逃《に》げ出してきたのか？」

「はい」

「ちょうどよかった。我々は妖精商人や妖精狩人《かりゅうど》、砂糖菓子職人を襲《おそ》っていた妖精たちを追って、この城砦《じょうさい》をつきとめた。これからこの城砦を根城にする妖精たちを討伐《とうばつ》する。その後ろにいる妖精たちは、人間を襲っていた一味だな」

「待ってください！」

慌《あわ》ててアンは、背後の妖精たちをかばうように手を広げた。頬《ほお》に雪の粒があたり肩や髪がみるみる白くなるが、寒さは感じなかった。

「後ろにいる妖精たちは、わたしを逃がしてくれたんです。何をしたのかわかりませんが、この人たちは羽を握られて、命じられて、それに従っていただけなんです。羽を握っていた妖精が一人います。討《う》つというなら、彼一人を討つべきなんです！」

「その一人はどこだ？　アン」

聞き慣れた声がして、アンは目を見開いた。

「ヒュー!?」

ダウニング伯爵の前だということも忘れて、いつものように呼んでいた。

ダウニング伯爵の背後から、馬を操《あやつ》ってヒューが姿を現した。背後には、サリムが馬で従っていた。ヒューも分厚い外套《がいとう》の下に鎧を着ていた。野性味のある彼の容姿に、戦装束《いくさしょうぞく》は意外なほど似合っている。

「城砦の中にその妖精がいるの！　シャルが彼と戦って……今。だからはやくシャルを助けて、ヒュー、お願い！」

説明しながら、不安が押し寄せてくる。ラファルと対峙《たいじ》したシャルが、いったいどうなったのか。

「ああ……」

ヒューがふっと笑って、アンの背後に目をやった。

「大丈夫《だいじょうぶ》だ。もう終わったらしい」

ヒューの視線を追って背後をふり返る。

降りしきる雪の向こう側に、城砦の石のアーチが見える。そこから、白い世界にくっきりと落ちた影《かげ》のように静かに、黒い妖精が歩いてくる。胸の前に大きな錠前《じょうまえ》がついた箱を抱《だ》いていた。艶《つや》やかなその存在を、雪が慕《した》い、従い、まとわりついているようだった。

「シャル！」

駆け出したアンを見て、ダウニング伯爵《はくしゃく》が眉《まゆ》をひそめてヒューをふり返った。

「どういうことだ、マーキュリー」

「彼が帰ってきたということは、終わったんですよおそらく。我々が追っていた妖精は消えたんでしょう」

アンは雪を蹴《け》って一直線にシャルのもとに走った。アンが駆けてくるのを認めて、シャルは立ち止まり、抱いていた箱を雪の上に降ろした。

「シャル！」

駆け寄ると、思わずシャルの首にしがみつくように抱きついた。

「シャル！　よかった、シャル！」

「おまえが無事でよかった」

シャルはぎゅっとアンを抱きしめ返してくれた。するとひょこりと、アンの肩口《かたぐち》から小さなルスルが顔を出した。

「シャル。ラファル様は？」

「歩《ほ》廊《ろう》から落ちた。あの高さでは、無事では済まないはずだ」

淡々《たんたん》とシャルが答えると、ルスルはすこし残念そうに目を伏《ふ》せた。

「そうなのね。お可哀相《かわいそう》な方」

戦士妖精たちも近づいてきて、シャルを遠巻きにするように囲んだ。シャルがそれに気がついて、アンの耳元に囁《ささや》いた。

「もう、いいか？」

何のことを言われたのかわからずきょとんとして彼を見あげると、彼は意地悪な笑い方をした。

「抱きつき足りないなら、またあとにしろ。時間があればつきあってやる」

「あっ！」

やっと気がついて、アンはぱっと飛び退《の》くようにシャルから離《はな》れた。

シャルは上衣《うわぎ》の内側を探《さぐ》り、真鍮《しんちゅう》製の鍵《かぎ》を取り出した。それをアンの肩の上にいるルスルに差し出した。

「そこにある箱の中に、おまえたちの羽が入っている。これで箱を開けて、羽を取り戻《もど》せ。そして今度こそ自由になれ」

差し出された鍵は、ルスルの背丈《せたけ》の倍も大きかった。ルスルはそれにすがりつくように受け取った。そして、

「自由？」

不安そうにシャルを見あげて訊《き》いた。

シャルが頷《うなず》くと、ルスルはさらに困ったような顔をした。

「ラファル様がいなくなったら、誰《だれ》が妖精王になるの？　あなたがわたしたちの妖精王になっ

てくれない？　シャル」

ルスルの言葉に、シャルを遠巻きにしていた戦士妖精たちが顔を見合わせる。頷く者もいる。戸惑《とまど》いと期待の空気が、妖精たちの間に流れる。

妖精王という言葉に、アンはぎくりとする。ラファルもシャルのことを妖精王となるべきなのだと言っていた。シャルはほんとうに、そんな存在なのだろうか。

不安になる。彼がそんな存在だとしたら、ますますアンとはかけ離れた使命や運命を背負っているのかもしれない。

シャルは首を振《ふ》った。

「自由になるために、妖精王は必要ない。自分の一番大切なものを取り戻して、それぞれ好きな場所で生きろ」

「でも、妖精王が必要な時があるかもしれないわ。わたしたちだけじゃなくて、他《ほか》に使役《しえき》されている妖精《ようせい》たちを自由にしたかったら、わたしたちはどうすればいいの」

「妖精を集めて人間と戦うだけでは、未来がない。常に人間と戦うことになり、安定した妖精の国など手に入らない。そうならないためにどうすればいいのか、俺にはまだ、方法もわからない。でもなにかの方法を見つけて、その時が来たら、考える。今のおまえたちには、妖精王は必要ないはずだ。だから行け。人間の手の届かない場所で、生きろ」

シャルは静かに告げた。

それから彼は妖精たちの間を通り抜《ぬ》け、ゆっくりとダウニング伯爵とヒューの前に進んだ。妖精たちは自然と道を空け、彼を通した。その姿には、どこか気品と威厳《いげん》が漂《ただよ》う。色彩《しきさい》こそ違《ちが》え、聖ルイストンベル教会の天井画《てんじょうが》に描《えが》かれた妖精王を彷彿《ほうふつ》とさせた。

ヒューが目を細めて、呟《つぶや》く。

「美しいな」

白い世界に佇《たたず》む黒い妖精は、神話世界から抜け出した者のように魅惑《みわく》的だった。兵士たちも息をのんでシャルを見つめていた。

「人間を襲っていた妖精は、俺が始末をつけた。終わりだ。兵を動かす必要はない」

シャルは気負いなくずっと背筋を伸《の》ばした自然な様子で、ダウニング伯爵を見あげた。

「あそこにいるのは、人間の主《あるじ》を持たない妖精だ。おまえたちは妖精狩人ではないはずだ。このまま、彼らを捨て置いて欲しい。もし狩《か》るというならば、俺も黙《だま》って見ている気はない」

しばし、ダウニング伯爵はシャルを見おろしていた。驚《おどろ》いているようだった。目の前にいる妖精が何者なのか、はかりかね、迷っているようにも見えた。しかしさすがは百戦錬磨《ひゃくせんれんま》の老臣だった。すぐに決断を下した。

「我々は国王陛下の臣下で、国王陛下とその民《たみ》を守るためにある。妖精は狩らぬ」

ダウニング伯爵の答えに、シャルは微笑《ほほえ》んだ。

「礼を言う」

ダウニング伯爵は頷き返した。

シャルが妖精たちをふり返ると、ルスルの手から一人の戦士妖精が鍵を受け取った。それを使って小箱の鍵を開けた。

箱の中は、薄絹《うすぎぬ》をぎっしりと詰《つ》めたようだった。

妖精たちが次々に箱を覗《のぞ》きこむ。彼らは自分の羽がどれなのかよくわかっているらしく、自分の羽が目に入るとすぐに手を伸ばして羽を摑《つか》んだ。

羽を手にした者たちは、ちらっとシャルやアンの方を見て、すぐに雪の中に駆《か》け出していく。

彼らはこれから人間の目を避《さ》け、人間に狩られないように用心しながら生きていかなくてはならない。けれどシャルやミスリルのように、人間の世界に交じりながら、自分らしく生きていける者もいるかもしれない。

最後に、箱の底に残ったのは小さな小さな羽だった。アンはかがみこんで最後の一枚を手に取った。掌《てのひら》のくぼみにすっぽりおさまる、小さな美しい羽だ。

「はい。ルスル。あなたの羽」

肩《かた》のうえに乗るルスルにそれを差し出すと、ルスルはにこっと笑ってそれを受け取った。

「わたし、自分の羽が綺麗《きれい》だなんて知らなかったのよ。あなたが綺麗だって言ってくれて、初めてわかったの。わたしの羽は綺麗なんだってね。なんだか嬉《うれ》しくて、誇《ほこ》らしかったわ」

言うと、ぴょんと肩を飛び降りた。

「ルスル。どうするの？　これから、どこへ行くの？」

問うと、ルスルは再び跳躍《ちょうやく》して、近くにいた戦士妖精の肩に飛び移った。飛び乗られた戦士妖精はびっくりしたような顔をしていたが、ルスルはお構いなしに言う。

「わたし、この人と行くことにするわ。わたしも海を見たことがないから、見てみたいの。ね、あなた行くんでしょう？　そう言っていたものね」

ルスルが肩に飛び乗ったのは、自由になったら海を見に行きたいと話していた戦士妖精だった。勝手にそんなことを言い出したルスルに、彼はしばらくきょとんとしていたが、すぐに肩をすくめて諦《あきら》めたように笑った。

「いいぜ」

妖精が歩き出した。一番最後に去って行くルスルとその戦士妖精の姿を見送りながら、アンは胸が痛くなった。吐《は》く息が氷の粒《つぶ》になって散る。ようやく寒さに気がついて震《ふる》えが来る。でも、動けない。ルスルと戦士妖精の姿が見えなくなるまで、目を離したくなかった。

シャルがアンのところに帰ってきた。動こうとしないアンに、不思議そうに問いかけた。

「どうした」

「ルスルの寿命《じゅみょう》は一年程度だって、シャルは前に言ってたよね。ルスルが生まれて、もう一年以上経《た》ってるのよ。ルスルは……海を見にいける？」

「あいつはおまえの砂糖菓子を食べた。そのぶんだけ、寿命がのびているはずだ。だから……」

シャルもなにかを祈《いの》るように、去って行く妖精たちの姿を見送る。

「ルスル・エル・ミンは海を見られるだろう」

「そうだと、いいな」

降りしきる雪の中、たくさんの足跡《あしあと》が様々な方向へ向かっている。

雪は銀砂糖のように白く、さらさらと世界を覆《おお》う。

歩き去った妖精たちだけでなく、ハイランド王国にいる妖精のすべてが、こんなふうに自由に、歩きたい方向へ歩き出せればいい。

アンには今、祈ることしか出来ない。けれどアンの傍《かたわ》らにいる美しく強い妖精は、いつかほんとうに、彼らが穏《おだ》やかに自由に生きられる道を見つけてくれるのかもしれない。

――シャルは妖精たちのために、いつかほんとうに妖精王になるの？

その時、彼の傍らに自分はいることが出来るのだろうか。そばにいて、いいのだろうか。冷たい空気を吸いこんだせいか、胸が苦しい。

空を見あげた。高い場所から、苦しみや悲しみの多い地上を清めるように雪が降っている。

ダウニング伯爵《はくしゃく》の兵士たちは、帰路につくために隊列を組み直し始めた。

六章　最後の一つを

真っ白になった丘《おか》や雑木林。ホリーリーフ城の庭も、雪に覆われてのっぺりと白い広場になっていた。朝の光が真っ白な世界に反射して目が痛む。作業場以外の部屋では暖炉《だんろ》の火が入れられているのだろう。右翼《うよく》の煙突《えんとつ》から、煙《けむり》がたなびいていた。

丘の下までヒューの馬車で送ってもらったが、雪かきも出来ていない丘は、馬車がのぼれなかった。仕方なくアンとシャルは丘の麓《ふもと》で馬車を降り、足首まである雪を蹴上《けあ》げるようにして丘をあがった。

気持ちが焦《あせ》る。新聖祭まで、あと十日あまり。仕事の進み具合は、どうなのだろうか。

昨夜ルイストンに帰り着いたのは、真夜中過ぎだった。そのままアンとシャルは、ルイストンのヒューの私邸《してい》に泊《と》まった。そこでペイジ工房《こうぼう》の作業の様子について訊いたのだが、ヒューはにやにやして「まあ、順調だ」とだけ答え、いくら頼《たの》んでもそれ以上詳《くわ》しくは話してくれなかった。

汗《あせ》をかきながら庭を横切り、玄関《げんかん》の大扉にたどり着いた。

ホールの中にはいると、大きな声で言った。

ヒューにもらったケープを脱《ぬ》ぎながら、もう一度言った。

「ただいま！　みんな」

しばらくしんとしていたが、左翼の方が急に騒《さわ》がしくなり、ドタバタと足音が近づいてきた。左翼一階へ続く扉が勢いよく開くと、一番にミスリルが飛び出してきた。

ホールにいるアンとシャルの姿を目にした途《と》端《たん》、立ち止まり、目を見開く。そしてその湖水のような青い瞳《ひとみ》に、みるみる涙《なみだ》が盛りあがった。

「アン！　シャル・フェン・シャル！」

床《ゆか》を蹴《け》って跳躍し、ミスリルはアンの胸に飛び込んだ。

「もう、もう駄《だ》目《め》かと思ったぞ！　二人とも、ぜんぜん見つからないし！」

ドレスの布を握《にぎ》りしめながら、ミスリルはアンの存在を確かめるように頭をぐりぐりとアンの胸元《むなもと》に押しつけた。アンはミスリルを抱《だ》きしめた。

「ごめんね、心配かけて」

ミスリルはアンに抱きしめられたまま、きっとシャルを睨《にら》みつけた。

「やい、シャル・フェン・シャル！　どうしてもっと早く帰ってこなかった」

突《つ》っかかられたシャルは、しらっとした目で答えた。

「おまえの顔を忘れるくらいが、ちょうどいいかと思ったが」

「ふざけるな！　おまえは、ほんとうに！」

アンの腕《うで》の中から飛び出すと、ミスリルはシャルの肩口《かたぐち》に乗って髪《かみ》の毛を引っ張った。

「人がどれだけ心配してたと思うんだよ!?　あいつ、強そうだったし。アンもいるし。さすがのおまえでもって、俺は……！」

喚《わめ》きながらめちゃくちゃに髪の毛をひっぱっていたかと思うと、そのままぺしゃりとシャルの肩のうえに座りこんだ。涙がさらにどっとあふれ、えぐえぐと泣きはじめる。

シャルはちらっとそれを横目で見ると、

「待たせて、悪かった。ミスリル・リッド・ポッド」

いたわるように言った。ミスリルは何度も頷《うなず》いた。そして握りしめていたシャルの髪の毛で、ごしごしと涙をこする。それにはシャルも、ちょっと嫌《いや》な顔をした。

ミスリルに続いて、オーランドが出てきた。左顔面を覆っていた包帯が取れ、左目の上に革《かわ》製《せい》の眼帯をつけていた。キングとヴァレンタイン、ナディールも出てきた。彼らは信じられないものを見たように、ぽかんとした。

そして職人たちを追うように、エリオットが出てきた。

二人を見るなり、エリオットは呆然《ぼうぜん》としている職人たちを追い越《こ》してアンのところにやってきた。そしてへにゃっとした、いつもの笑顔《えがお》を見せた。

「急に帰ってくるんだから、びっくりしちゃったじゃない？……おかえり、お二人さん」

「コリンズさん。帰りました」

職人たちもようやく驚《おどろ》きからさめて、駆《か》け寄ってきた。

「ただいま、みんな。オーランド、怪我《けが》よくなった？」

訊《き》くとオーランドは苦い顔をした。

「人の心配している場合か。あんたは、元気だったのか」

「うん。元気よ」

ナディールが洟《はな》をすする。

「俺、二人は帰ってこられないと思ってた……よかった」

ヴァレンタインはナディールの背を撫《な》でながらも、自分も目尻《めじり》の涙をぬぐう。

「よかったです。ほんとうに、よかったです」

キングも、今にも泣きそうなのをこらえるように、妙《みょう》な百面相をしている。

「言っただろうが、てめぇら。心配するんじゃねぇ、あいつらは帰ってくるってな」

怒《おこ》っているようなキャットの声がして、彼がジョナスとともに作業場から出てきた。強気なことを言ったわりには、どこかほっとしたような顔でキャットが笑った。その後ろに立っていたジョナスは、アンから視線をそらしている。けれど瞳には、うっすら涙が見えた。

「ただいま、ジョナス」

言うとジョナスは、「うん」とだけ答えた。そしてさらに顔を背《そむ》けた。

最後に扉を出てきた青年を見て、アンは目を丸くした。

「キース？」

いつもの柔《やわ》らかな微笑《ほほえ》みで、キースはこちらにやってくる。

「よかった……。アン、シャル。帰ってこられて」

「どうしてキースがここにいるの？」

「仕事を手伝ってるんだよ」

「いいの!? マーカスさんに怒られちゃうじゃない」

するとキースはいたずらっぽく笑った。

「いいんだよ。考えがあるからね」

アンは集まってきた職人たちを見回した。彼らは作業場から出て来た。早朝にもかかわらず、みんなもう仕事をはじめていたのだ。アンが信じたとおり、彼らはずっと仕事を続けていた。

エリオットとペイジ工房の職人たち全員。助《すけ》っ人《と》のキャットとジョナス。そして思いも寄らず、キースまでもが仕事を手伝ってくれていた。

荒野《こうや》の城砦《じょうさい》に閉じ込められていた一ヶ月あまりの日々。常に寒くて、不安だった。心の一部に住み着いたその記憶《きおく》が、幻《まぼろし》だったかのように薄《うす》れていく。恐怖《きょうふ》や緊張感《きんちょうかん》が、溶《と》けていく。心からほっとする。

——帰ってきた。仕事ができる。

嬉《うれ》しくてどうしようもない。

「砂糖菓子はどうなったの!?　どこまで作業は進んだの!?」

勢いこんで訊くと、キースは面白そうにクスクス笑い出した。

「君ってほんとうに、それぱっかりだね」

エリオットも笑って、片目をつぶった。

「職人頭だもんねぇ。帰還《きかん》を祝う前に、まず、仕事を見せようじゃない？」

職人たちと一緒《いっしょ》に、アンは左翼の作業場へ向かった。

「さ、ここ。見てごらん」

エリオットが真っ先にアンを連れて行ったのは、作業場の一番手前にある、できあがった砂糖菓子を保管しておくための部屋だった。部屋に一歩踏《ふ》みこんだアンは、息をのんだ。

「すごくない？」

誇《ほこ》らしげに、エリオットが胸を反らす。

部屋の中には雪の結晶《けっしょう》を組みあげて塔《とう》にした砂糖菓子が、所狭《ところせま》しと並んでいた。

アンの背丈《せたけ》よりはるかに大きな雪の塔、その半分の大きさの雪の塔。そして三分の一の大きさの雪の塔。それらが薄暗《うすぐら》い部屋のなかに、静かに佇《たたず》んでいる。

エリオットをふり返ると、彼は頷いた。

「コリンズさん、これ。どのくらいできあがったんですか」

「一番大きなものが今、七個。半分のものが十個。三分の一の大きさのものが、十個」

「え、じゃあ」

「そう。予定していた砂糖菓子の数、そろっている。俺たちは間に合うんだよ、アン」

その言葉を聞いた途端に、胸の奥から熱いものがこみあげる。

銀砂糖が固まった時の焦《あせ》りと絶望感。ヒューとの勝負を試みた時の緊張感と、やるせなさ。キャットが来てくれたことの喜びと、ジョナスを見つけた時の戸惑《とまど》いと希望。荒野の城砦に妖《よう》精《せい》たちと一緒にいた時の、不安。

いろいろな思いが頭の中を巡《めぐ》る。

――間に合う。

たくさんのことがあったけれど、間に合うのだ。

「銀砂糖子爵にも、報告してある。実際できばえを見てもらって、おすみつきも頂いたよ」

昨夜ヒューが、いくら訊いてもペイジ工房《こうぼう》の現状を答えてくれなかったのは、これを知っていたからなのだろう。ほんとうに優《やさ》しくて親切な人なのに、ちょっとしたところで意地が悪い。

それがキャットに嫌《きら》われる理由だろう。

――間に合うんだ！

喜びがあふれて、笑顔になった。

――新聖祭まで、あと十日。十日もあるのに、できあがってる。

そしてまた改めて、職人たちを見る。

エリオットとキャット、そして自分の三人の銀砂糖師。ペイジ工房の四人の職人。そしてジョナスと、キース。ミスリル。

十日も日数があって、さらにこれだけの職人がいるのだ。

予定していたことよりも、もっとなにかができる気がする。なにかができるし、なにかをしたい。そんな思いが、はしゃぐように沸《わ》きあがってくる。

「コリンズさん！」

アンはエリオットに振《ふ》り向いた。

「これだけ日数があって、職人がいるんです。もっと、なにかできそうな気がするんですけど」

それを聞いて、エリオットはにっと笑った。

「俺も、それを思ってたんだけど。職人頭は、なにかする気？」

求められ、予想されたことを完璧《かんぺき》にやることが第一だ。けれどそれができたのならば、次はそれ以上を考えなくてはならない。予想され求められたこと以上とは、どんなものだろうか。

「雪の結晶以外は作れないぞ。作品全体の調和がある」

オーランドが釘《くぎ》を刺《さ》すように言うと、ナディールが唇《くちびる》をとがらせた。

「でも作る数を多くするだけなんて、つまらないな」

ヴァレンタインも頷《うなず》く。

「ですね。雪の塔が八個から十個になっても、まあ、それほど目はひかないでしょう」

「やるなら、どーんと派手にやりたいぜ。どーんとなっ！」

キングが涙《なみだ》に潤《うる》む目を誤魔化《ごまか》すように笑うと、ジョナスは呆《あき》れたように呟《つぶや》いた。

「みんな、元気だよね。僕はへとへとで、考える気も起きないけど……」

するとキャットが、ぺしりとジョナスの後ろ頭を叩《たた》いた。

「だからてめぇは、へなちょこなんだ！」

キースは苦笑《くしょう》する。

「まあジョナスの気持ちもわからないでもないけど。せっかくなら、見た人たちがびっくりするようなものを作りたいよ、僕も」

──雪の結晶で、ただ数を増やすだけじゃなくて。派手で、見た人がびっくりするもの。

静かに佇む雪の塔を見つめて、アンは思いを巡らせた。

この砂糖菓子は、ハイランド王国に一年の幸福を招く砂糖菓子だ。できうる限り幸福を招けるように、そしてそれを目にした人たちが、ペイジ工房という派閥《はばつ》の本工房を賞賛するように。

──無理なく、それでいて、ぎりぎりまで工夫《くふう》ができるもの。完成度は落としてはいけない。

これは、雪だ。ハイランド王国を覆《おお》い清め、新しい幸福を王国に住むすべての命に、あまねく招く。

人間にも、妖精にも。王国のどこにいても、この幸福が届くように。感じられるように。

「そうだ……」

アンはふっと思いついて、職人たちにふり返った。

「やらない？　派手なやつ！」

　アンの身を心配する必要がなくなり、シャルは久しぶりにゆっくり眠った。

　翌朝。起きて小ホールに行くと、職人たちは仕事に向かおうと食卓《しょくたく》を立ったところだった。

「寝坊《ねぼう》だなシャル・フェン・シャル！　一足遅《おそ》かったぞ。おまえの朝食は、俺様が頂いた！」

ミスリルは腰《こし》に手を当て食卓の上に立ち、かかかかかっと高笑いした。

「勝手に食べるな」

「どあっ！」

ぴんと背中を指ではじき飛ばすと、ミスリルは食卓から吹《ふ》っ飛んでころころと床《ゆか》を転がった。

食卓に着いたシャルは、眠気《ねむけ》にぼんやりしたまま頬杖《ほおづえ》をついて髪《かみ》をかきあげる。

ミスリルと職人たちと一緒に歩き出しかけたアンは、ふと気がついたように引き返してきた。

「シャル。食事、台所に行って頼《たの》んでもらってこようか？」

「それくらい自分で頼む。行け」

っていた。

今日からアンは職人たちと一緒に作業に入る。彼女の表情の明るさが、仕事への喜びを物語っていた。

「うん。でも、大丈夫《だいじょうぶ》？　シャル。疲《つか》れてる？」

心配そうに顔を覗《のぞ》きこんでくるので、ふっと笑った。

「なんだ？　続きをしたいのか？」

「へ？」

「抱《だ》きつきたいか？」

言われてしばらくきょとんとしていたアンだったが、彼が何のことを言っているのか思い出したらしく、頰を真っ赤にした。

「ち、ちがうってば！」

「なら行け。仕事だろう」

こうやってからかって面白《おもしろ》がることは相変わらず平気でできるが、城砦《じょうさい》で過ごしたあの夜以降、アンに触《ふ》れるのがためらわれるようになった。

頰杖をついたまま、シャルはぼんやりと暖炉《だんろ》の炎《ほのお》を見ていた。

炎を見ると、ラファルの羽の色を思い出す。そして彼の言葉も、思い出す。

『おまえが、アンを不幸にするぞ』

それが耳について離《はな》れない。彼は死んだはずなのに、亡霊《ぼうれい》のようにシャルの心の中にその言葉と一緒《いっしょ》に住み着いてしまった。しかし。

――ほんとうにラファルは、死んだのか？

ラファルが転落した城壁《じょうへき》の下には、彼の衣服がなかった。死んだ妖精の体は光の粒《つぶ》になって消えてしまうが、彼の身につけていたものは残るはずだ。それがない。そして彼が持っていたはずの金剛石《ダイヤモンド》も、城砦の中からも外からも見つからなかった。

だがあの高さから落ちたのだ。助かるはずはない。生きているはずはない。

「ね、シャル。ほんとうに大丈夫なの？　どうしたの？」

ぼんやりするシャルに、アンは心配そうに再び訊《き》いた。

「大丈夫だ。なんでもない」

すこし気まずい空気が流れた隙間《すきま》に、階段の方から声が割って入った。

「ねぇ、お食事。持ってきましょうか？」

ブリジットだった。遠慮《えんりょ》がちに小ホールにあがってくる。両手を後ろに回して、何かを隠《かく》し持っている様子だ。

「シャルは、お食事はまだでしょう？　持ってくるわ。わたしの仕事だから」

ブリジットは今、ダナとハル、ノアやベンジャミンと一緒に、台所に立っているらしい。かいがいしく職人たちの世話をしている。相変わらず職人たちに親しく話しかけたりはしないが、それでも彼らの役に立とうとしているのはわかる。

職人たちもそれに気がついているらしく、以前ほど彼女に対して冷淡《れいたん》な態度はとっていないようだった。

「もらう」

答えると、ブリジットは頷いた。けれど動こうとせず、もじもじしている。しばらくして、意を決したようにまた口を開いた。

「あの、アン……」

声をかけられて、アンはびっくりしたような顔をした。

「あ、はい」

「これ、ついでに。返すから」

ブリジットは後ろに隠し持っていたものを、アンに突《つ》き出した。アンのショールだった。目を丸くしたアンだったが、すぐに笑顔《えがお》になって受け取った。

「ありがとうございます。持っててくれて」

ショールを手渡《てわた》しながら、ブリジットがぽつりと言った。

「わたしのために作ってくれた、緑の小鳥の砂糖菓子……。あれ、ダナが持っていてくれたの。それであなたがいない間に、わたしに渡《わた》してくれたの。わたしものだからって。今、わたしの部屋に飾《かざ》ってる。ありがとう」

言いながら彼女はどんどん俯《うつむ》いて、どんどん頬を赤くしていた。アンは目をしばたたいて、信じられないことを聞いたような顔をしていたが、しばらくすると明るい笑顔を見せた。

「よかった。飾ってくれて。嬉《うれ》しいです」

「あの子猫《こねこ》も、飾ってるのよ。あれは誰《だれ》が作ったの？」

「わたしの口から言ってもいいかどうか。作った本人が告白する気になったら、きっと言ってくれると思うんですけど」

「エリオットじゃないのは確かだろうけど」

エリオットが除外されていることに、シャルは苦笑した。ブリジットは婚約者《こんやく》のことをよくわかっている。互《たが》いに好きでもない婚約者同士なのに、皮肉なことだ。

ブリジットは軽くため息をついた。

「エリオットはわたしのことなんか、ちっとも気にしてないし、見てない。彼が気にしてるのは工房《こうぼう》と砂糖菓子のことばかり。わたしだって、エリオットと結婚《けっこん》したいほど好きかって言われたら、そうじゃないし。だからわたし……。エリオットとの婚約、解消したい」

「え、でも。それでいいんですか？」

アンの問いにブリジットは顔をあげた。

「昔からエリオットは、すごい職人だって思ってた。だからお父様が彼と婚約しろって言った時、あんなすごい人ならいいかなって思って、婚約した。でもそんないい加減な気持ちで婚約してしまったから、わたし苦しいのよ、たぶん。だから、お父様はエリオットをすぐに養子にして、長《おさ》を継《つ》がせるべきだわ。そのほうが、きっとわたしも安心なの。それでわたしは、自分が苦しくないような方法を考えようと思うの。結婚も、工房のことも」

　そう言ってちらりとシャルを見たブリジットの瞳《ひとみ》は、大人になったリズに似ていた。恋《こい》する者のそれだった。けれどその恋を諦《あきら》めているのも、彼女の表情からよくわかった。

「グレンに言え」

　シャルがいうと、ブリジットは首を傾《かし》げた。

「おまえは自分と工房のことを考えて、エリオットとの婚約を解消する。エリオットを養子に迎《むか》えることを父親に勧《すす》める。そう言え。グレンも理解するはずだ。そして安心する」

「でも……」

　まだすこし勇気の足りない彼女に、シャルは思ったままを告げた。

「おまえは、悪い奴《やつ》じゃない」

「……ありがとう、シャル」

　ブリジットははにかんだように、少し笑った。アンも安心したように笑った。


　銀砂糖の感触《かんしょく》が、心地《ここち》いい。二度碾《ひ》きをした銀砂糖は質があがり、触れると喜びがあふれる。

予定していた雪の結晶《けっしょう》の塔《とう》は、アンがいない間に職人たちが完成させた。そしてこれから十日間で、予定以上のものを準備する。これは義務ではない。けれどもっと良いものをという、職人たちの熱意でやる仕事だ。

これこそ、彼らがやりたいからやる仕事だ。

オーランドとキングが、銀砂糖を練り始めていた。オーランドの練りの技術は優《すぐ》れていて、たいした力を入れないのに、銀砂糖がみるみる艶《つや》を増していく。独特の手の返し方をするのだが、力の加減があるらしく、それを真似《まね》ても、彼ほど早く艶が出てこない。彼が練る銀砂糖は、絹の糸を束にしてまとめあげたように細かな筋をひいて艶めく。

キングは作業台に並べられた色粉の瓶《びん》に顔を近づけて、じっと、問いかけるように一つ一つの色を見る。そしてこれと思うものをおもむろに手にして、銀砂糖に加える。慎重《しんちょう》に、少しずつ。そして練る。また別の色粉を加えて、練る。するとふんわりとした淡《あわ》い色の銀砂糖が練りあがる。

「ほい、いっちょあがりだぜ。ジョナス」

練りあがった銀砂糖を、キングが隣《となり》の部屋の作業台に移しながらジョナスに声をかける。

「ああ、はい」

ジョナスは一瞬《いっしゅん》、うんざりしたような顔をするのだが、すぐに表情を引き締《し》めてめん棒を手に取る。石の台の上で、練りあがった銀砂糖を薄《うす》くのばしていく。均一に、透《す》けるほど薄く。

単調にめん棒を転がしているが、彼の目を見ればかなりの集中力で力を加減しているのがわかる。生真面目《きまじめ》に、黙々《もくもく》と銀砂糖を薄くしていく。

薄くのばしたそれを、ヴァレンタインとエリオットが、正確な結晶の形に切り出していく。彼らの道具使いは正確で、無駄《むだ》がない。

「女の子がドレスを選ぶ時って、俺は一緒に行きたいんだよねぇ。ドレスをとっかえひっかえして、これは素敵《すてき》これは嫌《いや》ね、なんてやってるの見るとわくわくしない？　ね、しない？」

動きに無駄はないが、エリオットの口は無駄が多かった。

ヴァレンタインがげんなりしたように答える。

「しません。というより、そんな経験ありません」

「え〜、楽しいよ。行ってみな、ヴァレンタイン。あ、アンの買い物に同行させてもらってもいいんじゃやない？　ね、アン。やっぱり誰かに見立ててもらいたいよねぇ」

アンとキースは、エリオットとヴァレンタインが切り出した結晶の形に、すかしの模様を彫《ほ》る作業をしていた。キースと向かい合わせで座り、様々な大きさの切り出し用のナイフを駆使《くし》して、レース編みのような微細《びさい》で規則的な模様を放射状に作る。

ばらけがちになる道具類をミスリルがさっと定位置に直してくれるので、道具を持ち替《か》える時に、手を伸《の》ばせば欲しい道具がちゃんと近い場所にある。

「え、そうですね。できれば、ってくらいですけど」

アンはちょっと手を休めて答えた。キースがやわらかく微笑《ほほえ》む。

「言ってくれたら、僕がつきあうよ」

「ほら聞いただろうヴァレンタイン。キースも楽しいんだよ、女の子の買い物につきあうのが！　だからね、今度アンの買い物に一緒《いっしょ》に行くべきだよ。人生の楽しみが増えるよ、間違《まちが》いない」

「ああっ！　もう、うるせぇ！」

窓際《まどぎわ》でナディールと並んで、結晶の先端《せんたん》に細かな彫りを続けていたキャットが、針を手にしたまま立ちあがった。

「てめぇは、少しは黙《だま》ってられねぇのか、エリオット！」

「でも、キャットに話しかけたわけじゃないし」

「気が散る！　女の服を選ぶの選ばないの、てめぇの人生の楽しみは徹頭徹尾《てっとうてつび》、くだらねぇ！」

「なんだ、ちゃんと話は聞いてるじゃない、キャット。もしかしてうらやましいの？　おまえもアンのお買い物につきあう？」

「うらやましくもねぇし、つきあわねぇ！　とにかく黙りやがれ！」

「へいへい〜」

肩《かた》をすくめたエリオットを見て、アンとキースは顔を見合わせて、クスクス笑い出した。キャットはぷんぷんしながらも、もう一度針を持ち直し、細い場所にとがった先端を刺《さ》す。

結晶の先端に施《ほどこ》す細かな細工は、ナディールとキャット以外にはできない。他《ほか》の職人たちも、やろうと思えばできるのだが、彼らの十倍の時間がかかる。

一つ一つの工程に、それぞれ職人が集中していた。

顔の大きさから、掌《てのひら》の大きさまで。色も純白を基本に、薄紫《うすむらさき》、薄紅《べに》、薄緑、薄青。それらの色みを持つ結晶も作った。結晶の内部は複雑で繊細《せんさい》な透かし彫《ぼ》りで、中心から外へ向けて伸びる突起《とっき》の先には、光を強くはじき乱すための微細な模様を彫る。

それらの結晶が、みるみるできあがっていく。

数は、多ければ多いほどいいのだ。それを職人たちは知っているので、ろくでもない話をしたり怒鳴《どな》りあったりしながらも、ほとんど手は休めない。

食事も、昼食は台所に頼《たの》んでサンドイッチを作ってもらって片手間に食べる。

夕食後も、真夜中近くまで作業を進めた。


作業を始めて六日目。アンとエリオットは聖ルイストンベル教会に出向いた。

ルイストンの街は雪で覆《おお》われ、街路には雪の轍《わだち》の跡《あと》がこんもりと盛りあがっている。

聖ルイストンベル教会の教父館で、ブルック教父と対面した。彼もペイジ工房に降りかかった様々な災難は知っていたらしく、予定の砂糖菓子ができあがったと聞いて仰天《ぎょうてん》していた。

「まさか」

と、絶句した。

教父館の出入り口に近い、小さな部屋だった。ブルック教父の執務室《しつむ》らしく、テーブルとそれを囲む椅子《いす》が四脚《きやく》。壁際《かべぎわ》には書類や本を入れた棚《たな》が並んでいて、雑然としている。アンとエリオットは並んで座り、ブルック教父の正面にいた。

エリオットは神妙《しんみよう》な面持《おも》ちで持ちかけた。

「できたんです。それで、新聖祭までの段取りをご相談したくて」

「あ、え。そうですね」

教父は壁に貼《は》られている暦《こよみ》を見る。

「新聖祭まで、今日を入れてあと四日です。明日から新聖祭まで、聖堂の一般《いっぱん》礼拝をやめて準備に入ります。なので、そうですね。新聖祭の前日までに砂糖菓子を運びこんでもらえれば」

「明日から一般の礼拝をやめるなら、明日から砂糖菓子の準備に入ってもかまいませんか？」

「砂糖菓子の搬入《はんにゅう》に、それほど時間が必要ですか？」

通常、新聖祭の砂糖菓子は工房《こうぼう》で制作され、それを聖堂内に運びこむのみだ。扱《あつか》いの難しい作品だとしても、せいぜい一日あれば砂糖菓子を搬入して設置できる。

「三日必要です。三日いただければ、ペイジ工房が作るもののなかで、最高のものが準備できると約束します」

多少はったりぎみのエリオットの言葉に、ブルック教父は考えこんだ。

「前例がないですね。砂糖菓子の準備に三日もかけるのは」

「前例や実績がなくても、主祭教父様はペイジ工房を選んでくださいましたよね。お願いです」

アンは食い下がった。

しばらく考えこんでいたブルック教父は、やがてゆっくりと顔をあげた。

「我々は、ペイジ工房は新聖祭に砂糖菓子を間に合わせられないだろうと思っていました。でも、あなた方は言葉通りに間に合わせた。なら今回もあなた方は言葉通りに、最高のものを準備してくれると信じても良いのですね」

「はい」

エリオットがしっかりと頷《うなず》いた。

「いいでしょう。明日から三日間で、ペイジ工房は砂糖菓子の準備をしてください」

ブルック教父の言葉に、アンとエリオットは顔を見合わせた。エリオットがにこりと笑ったので、アンは頷き返した。


急ぎホリーリーフ城に帰ったアンとエリオットは、まずグレンの部屋に向かった。

グレンは上体をヘッドボードに預けて、膝《ひざ》の上に何通もの手紙を置いて読んでいた。アンとエリオットが入ってくると、穏《おだ》やかな笑顔《えがお》で迎《むか》えてくれた。

驚《おどろ》いたことにブリジットがベッドの脇《わき》にいて、お茶の準備をしていた。エリオットは、困ったことばかりする子供を叱《しか》るように腰《こし》に手を当てた。

「あのさ、ブリジット。言ったよね。グレンさんの部屋には、入らないで欲しいんだって」

ブリジットが口を開こうとするまえに、グレンが軽く手をあげた。

「ああ、いいんだ、エリオット。ブリジットは大丈夫《だいじょうぶ》だ。それよりも、なにか報告だな？」

エリオットとアンは、ベッドの脇に立った。ブリジットは遠慮《えんりょ》するように窓辺へ移動して、外の雪景色に目やる。

アンとシャルが行方《ゆくえ》知れずになった時、グレンはあまりの衝撃《しょうげき》に発作《ほっさ》を起こしたらしい。その後も良くなったり悪くなったりを繰《く》り返していたが、予定の砂糖菓子の準備がほぼ整った頃《ころ》にようやく容態《ようだい》は安定した。そしてアンとシャルが無事に帰還《きかん》してからは、発作も起こることはなく、わりに元気になって起き上がれるようになったらしい。

「グレンさん。明日から新聖祭までの三日間、わたしたちは新聖祭の砂糖菓子を準備するために、聖ルイストンベル教会へ行きます」

「明日から三日間？　なぜそんなに日数が必要だ？　搬入なら一日あれば足りるだろう」

「搬入するだけじゃないんです。予定以上のものを準備します」

グレンの表情が、明るくなる。期待に輝《かがや》く。

「なにかする気なんだね、アン」

「はい。みんなで。だから新聖祭の日、迎えに来ます。体調が良ければ、聖ルイストンベル教会に来て、見てください。ペイジ工房の新聖祭の砂糖菓子を。オーランドもキングも、ヴァレンタインも、ナディールも、みんなグレンさんに見てもらいたくて作ったんですから」

アンが言うと、グレンは微笑みを深くした。

「行くよ、必ず。君たちが迎えに来なくても、自分から行くだろうね」

エリオットが眉尻《まゆじり》をさげ、さらに垂れ目になる。

「迎えが来るまでおとなしくしててくださいよ。グレンさん、ほんとうに自分から来そうだから」

笑って、グレンは視線をあげた。

「ではわたしに命令するか？　エリオット。『おとなしくしていろ、じじい』とね」

「じじいは言いませんが、『おとなしくしていろ』は、命令したいですね」

「では、従おう。自分の息子《むすこ》の命令だ」

「息子？　未来の娘婿《むすめむこ》でしょう」

エリオットが首を傾《かし》げると、グレンはゆっくりと首を振《ふ》った。

「いや、息子だよ。この新聖祭が終わったら、エリオット。おまえをわたしの養子に迎えようと思う。コリンズ姓《せい》ではなく、ペイジ姓《せい》を名乗ってもらうことになるが。いやかね？」

その言葉に、エリオットは絶句した。どう反応すればいいかわからないらしい。

——ブリジットさん。言ったんだ、自分で。

アンは窓辺に立つブリジットを見た。わざとらしいほど雪景色ばかりを見ている彼女の不器用さは、ほほえましくて、可愛《かわい》らしかった。

「エリオットとブリジットの婚約《こんやく》は、解消する。そのかわりにエリオットをわたしの養子に迎える。これは、ブリジットの希望でもある。わたしもブリジットに言われて、やっとわかった」

グレンは視線を手元に落とした。

「わたしはブリジットと工房のために、二人の婚約が最良の道だと考えた。二人とも受け入れてくれたから、心配ないと思った。だが、そうではないらしい。わたしはブリジットにいわせれば、娘を甘やかしすぎていたらしい。そのうえ娘の将来が不安で、親の決めた道を歩かせようとするのは、親自身が安心したいだけの親のエゴだと言われた。だだをこねるのじゃなく、ブリジットがこれほどはっきりと落ち着いて自分の考えを言ったのは、はじめてだった」

グレンの言葉に、ブリジットが唇《くちびる》をとがらせた。

「はじめてなんてことないわ。ただ、あまり言わなかっただけよ」

目を白黒させていたエリオットは、ようやく考えがまとまったらしくブリジットに向き直った。

「でもブリジット。いいの？　俺がペイジ姓を継《つ》いで長《おさ》になったら、居づらくならない？　特に俺が結婚《けっこん》なんかしたら、ブリジットは血のつながらない小姑《こじゅうとめ》になるわけだし」

「居づらいわよ、絶対。決まってるじゃない」

ぷいと顔を背《そむ》け、ブリジットはまた窓の外を見る。

「でも、エリオットと結婚するよりいい。居づらくなったら、わたしが自分で住み心地《ごこち》がいい場所を探し、なんとかする」

「ひどいねぇ、俺と結婚するのそんなに嫌《いや》なんだ」

「そんなに嫌だったら、婚約しない。エリオットのことはとてもすごい職人だって、尊敬してる。好きよ。好きだけど、結婚したいと思わないだけ。エリオットも、そうでしょう？」

問われて、エリオットはふっと笑った。いつものふざけた笑いでなく、自然な笑みだった。

「そうだねぇ。熱烈《ねつれつ》に結婚したいほどじゃないけど、好きだよ。綺麗《きれい》な髪《かみ》の毛も、可愛い顔も、ドレスも。女の子らしく、わがままいっぱいな感じも、ちょっと面白くて好きだよ」

二人はしばらく見つめ合った後に、苦笑《くしよう》した。

新聖祭は間近に迫《せま》っている。

窓の外は白い世界だ。雪がすべてを覆《おお》いつくして、新しい世界が来る。その予感がする。

「これから、新聖祭へ向けて段取りだね」

グレンが言った。

「細かなことは、新聖祭が終わってからだ。新聖祭の準備は、大がかりなものになるだろう。職人だけではなく、妖精《ようせい》も、他《ほか》の人間も総出でかからねばならないはずだ。アンもエリオットも、行きなさい。そして三日後、わたしを迎えに来てくれ」

アンとエリオットは同時に頷いた。アンはさっとブリジットに駆《か》け寄り、その手を引いた。

「ブリジットさんも、来てください。ほんとうに、みんなが働かなきゃ間に合わないんです。お願いします!」

ブリジットは、首を傾げた。

「わたしも?」

「だって、ペイジ工房のみんなですもん」

「ちょ、ちょっと?」

戸惑《とまど》うブリジットの手を引いて、アンは小ホールに向けて駆け出した。

小ホールに、グレン以外の全員を集めた。

妖精たち、職人たちに、ブリジットとシャル。彼らがそれぞれ食卓《しょくたく》に座ったり壁際《かべぎわ》に集まっていたりする。アンはホールの真ん中に進み出た。

「明日から聖ルイストンベル教会の聖堂で砂糖菓子の準備にかかることになったの。今できあがっている砂糖菓子を搬入《はんにゅう》して、それから同時に、最後の一つの作業をする。みんなに手伝ってもらわなくちゃいけないの」

アンは壁際にいるブリジットに視線を向け、それから真鍮《しんちゅう》の手すりにもたれているシャルを見た。

「ブリジットさん、シャル。二人は聖堂の中の作業を、職人と一緒《いっしょ》に手伝って欲しいの」

「わたしが職人と一緒に作業していいの？」

びっくりしたような顔でブリジットが問い返す。

「お願いします」

するとブリジットは、ちょっと照れたような嬉《うれ》しそうな顔で頷《うなず》いた。

「シャルも、いい？」

「やる」

いつものように素っ気なく、シャルも返事する。

「ダナとハル、ノアとベンジャミン。それに、キャシーには、ここでグレンさんのお世話と、お食事の準備をお願いしたいの。わたしたち三日間、たぶん聖堂に泊《と》まりこみになると思うの。でも食事は必要だから、三食、できれば作って持ってきてもらえたら」

階段近くになんとなく固まっている妖精たちに顔を向けると、ダナとハルは顔を見合わせて、にっこりした。

「ええ、やります。ね、みんな」

ハルが言うと、その肩のうえに乗っているベンジャミンがふわふわ笑う。

「うん。いいよ～。お料理なら、する～。お料理は好きだもん」

階段の手すりに座っていたキャシーだけが、ちょっと不満げに頰《ほお》を膨《ふく》らませた。

「わたし、ジョナス様と離《はな》ればなれになるの？　ジョナス様のお洋服の準備とか、寝る前の歯《は》磨《みが》きの準備とか、朝起きた時の寝癖《ねぐせ》直しとか、色々あるのに」

ジョナスが、自分の甘えん坊《ぼう》ぶりを披露《ひろう》されてちょっと赤くなった。

「キャシー。そんなこと僕は自分でできる。おまえはここにいろ」

照れ隠《かく》しに、つっけんどんに命じた。みんながどっと笑うと、ジョナスはますます赤くなった。

「さてと、みんな。職人頭の指示に従うぞ。いちおう俺が長の代理なんで、グレンさんの代わりに言う」

まだ笑いの余韻《よいん》が残る小ホールの真ん中に、エリオットが踏《ふ》み出した。それからふいに真剣《しんけん》な表情になると、低く鋭《するど》く言った。

「最後まで、手を抜《ぬ》くな」

その場の空気がぴりっと引き締《し》まった。仕事だ。

七章　新しいかたち

　翌日は、晴れていた。ルイストンの街路を覆う雪の表面が日射《ひざ》しにうっすらと溶《と》けて、きらきらと雪の粒《つぶ》が光る。

　聖ルイストンベルの聖堂内にも、光があふれていた。

　一歩そこに足を踏み入れ、アンはその輝《かがや》きにしばらく見とれていた。この空間を砂糖菓子で飾《かざ》るのだと思うと、うれしさと興奮にぞくぞくした。

　雪の結晶《けっしょう》を重ねて作った塔《とう》は、シャルの身長よりも少し高いものが八個。その半分の高さのものが十個。さらに三分の一のものが十個だ。

　ホリーリーフ城からそれを荷馬車に積みこんで、運び入れた。一つずつ木の枠《わく》で囲み、布で保護して、荷馬車に載《の》せた。雪道で馬車の車輪が跳《は》ねたりしないように、慎重《しんちょう》に馬車を操《あやつ》った。

　聖堂の大扉は普段《ふだん》半分しか開いていないが、それが今日は左右ともに開かれている。

　この砂糖菓子は、軽い。透《す》かし彫《ぼ》りをした雪の結晶を、不規則に積み上げているのだ。薄《うす》氷《ごおり》を重ねているのと同じだ。職人たちは一つの砂糖菓子を運ぶのに、五人がかりだった。それは砂糖菓子の重量よりも、木の枠の重量があったからだ。

ホリーリーフ城と聖ルイストンベル教会の往復は、午前に一回、午後二回。三度だった。作った砂糖菓子のすべてを聖堂内に運び入れる頃《ころ》には、すっかり日は傾《かたむ》いていた。

ダナとハル、ベンジャミンとノア、キャシーが、ジャガイモのスープとパンを夕食に届けてくれた。それを聖堂外の階段で食べた。

吹《ふ》きさらしの石段での食事は寒かったが、お腹《なか》が減って死にそうだと喚《わめ》いていた職人たちは、体の芯《しん》が冷え切る前に夕食を食べ終わって、聖堂の中に戻《もど》った。

聖堂の中に、蠟燭《ろうそく》をともした。そしてその明かりを頼《たよ》りに、砂糖菓子をそれぞれ望ましい位置に配置し終えると、真夜中近くだった。

木の枠は新聖祭当日まで取り付けたままにしておき、当日の昼間に外すことに決めた。安全のためだ。

砂糖菓子の搬入には神経をすり減らした。職人たちは体力的によりも精神的に疲《つか》れてしまったらしく、今日の作業がこれまでとなるとすぐに横になった。

職人たちの寝床《ねどこ》は、聖堂裏手にある教父控《ひか》え室だった。石造りの素っ気ない部屋だが、椅子《いす》にも寝台《しんだい》にもなる家具がいくつか置いてある。体に毛布を巻きつけて、その寝台代わりの椅子に身を寄せ合うようにして横たわる。

アンとブリジットだけは女の子ということで、主祭教父の控え室を使わせてもらえた。部屋は小さいが、布を貼《は》った長椅子《ながいす》が置かれていて、ベッドがわりにちょうどいい。そこに二人で丸まって横になった。

ブリジットは慣れない仕事で疲れたらしく、すぐにすうすうと寝息《ねいき》をたてはじめた。一緒に寝《ね》ているブリジットの体温で、毛布の中は暖かい。そして彼女からは、花の香《かお》りのような、いい香りがする。香水《こうすい》でもつけているのだろう。

——いい香り。

とても優《やさ》しい香りだったので、羨《うらや》ましくなる。アンは今まで、そんなお洒落《しゃれ》をしたことがなかった。ブリジットのように素敵《すてき》なドレスを着て、香水をつけて、お化粧《けしょう》して、爪《つめ》を染めたりしたら、アンも少しは十六歳らしく大人っぽく素敵になれるだろうか。

——そしたらシャルは、わたしのことかかしとか思わなくなるかな？

そこまで考えた時、あの荒野《こうや》の城砦《じょうさい》での一夜のことを思い出した。

シャルの手が頬に触《ふ》れ、彼の顔が近づいてきた。キスしてくれるのかと思った。あの時は、本当にそう思った。もしかしたら彼は、気まぐれにそんな気を起こしたのかもしれない。

あんなにつっけんどんで素っ気ないくせに、シャルは優しい。アンが彼を頼りにしていることに気がついていて、ずっと一緒にいてくれるとか、守ってくれるとか言ったりする。

それが嬉しくて、どうしようもなかった。

けれどラファルは言った。『おまえが彼を不幸にするぞ』と。

シャルは妖精《ようせい》たちに求められる妖精王になるべき存在かもしれないのに、今はアンと一緒にいる。それは彼が不幸になることなのかもしれない。

自由に王国を旅し妖精の仲間を見つけ、彼らとともに生きて。いつかは同じ貴石の妖精の女性を伴侶《はんりょ》にして、長い時を過ごす。冷静に考えれば、それが一番無理のない最良の道に思える。

――寂《さび》しい。

その最良の道を想像した途端《とたん》に、心の中で呟《つぶや》いていた。それに気がつき、自分に嫌気《いやけ》がさして、ため息とともに起き上がった。

無性《むしょう》に、砂糖菓子が見たくなった。

床《ゆか》に置いたランタンを手さぐりして、毛布から抜け出した。ブリジットを起こさないように部屋から出ると、廊下《ろうか》の窓の外は月明かりが明るかった。月光が雪に反射して、とても明るい。

これならランタンは必要ないと、その場にランタンを置いて聖堂へ向かった。

祭壇《さいだん》の右手奥にある扉から聖堂に踏み出した途端に、足が止まった。

祭壇の前の礼拝席にシャルがいた。片膝《かたひざ》を抱《かか》えるようにして、じっと天井画《てんじょうが》を見つめていた。青白い光と、凍《こご》えるほどに冷たい空気が満ちる礼拝堂で、シャルの羽は薄青《うすあお》く穏《おだ》やかな色だ。

ほんのり薄明《うすあか》るい光景の中に、白い横顔が淡《あわ》く輝くように見える。わずかに白い息が、彼の唇《くちびる》から散る。あまりにも端麗《たんれい》で、人を惑《まど》わす艶《なま》めかしさがある。

どうしたものかと迷ったが、すぐにシャルがこちらを見たので、結局、彼の方へ近づいた。

「どうした」

「目が覚めて。砂糖菓子が見たくなったの。シャルは？　あれを見てたの？」

天井画を見あげると、伝説の妖精王リゼルバ・シリル・サッシュの姿がある。

その絵をはじめて見た時、シャルと雰囲気《ふんいき》が似ていると思った。持っている色彩《しきさい》は違《ちが》うが、しなやかな強さと美しさを感じる。

シャルの横に腰《こし》を下ろした。礼拝席はひやりとした。寒かった。けれどシャルが平気な顔をしているのを見て、妖精は寒さを感じないのだと思い出す。

感じている温度さえ違う。それが種族の違い。そしてそれが、二人の間の距離《きょり》。

ここにはじめてシャルと一緒《いっしょ》に来た時、種族の違いなどないと思った。けれどあの時シャルがいったように、違いは確実にあるのだ。

あの城砦での夜、どことなくそれを実感した。そしてそれを感じると、むやみにシャルに近づくのが罪深いことのように思えた。シャルも同じように、アンと距離を取ろうとしているように感じられる。二人並んで座っていたが、二人の距離が遠い。

「妖精王……って、ラファルは自分のことを言ってた。それにシャルも、そうなんだって。妖精たちも、みんなどことなくシャルに何か期待してるみたいだった。どうしてなの？」

「俺とラファルは、最後の妖精王リゼルバが、次期の妖精王にするべき命を生み出そうとして集めた貴石から生まれた。ラファルは、そう信じていた。妖精たちもそうらしいな」

伝説と現実が結びついていることに驚《おどろ》きはしたが、シャルがそのために生まれたのだと言われれば、そうかもしれないと思える。彼は他《ほか》の妖精たちに比べて、どこか特別だ。

「シャルはどうするの？　これから」

「妖精王だのなんだのについては、わからん。知ったからと言って、簡単にどうにかできるものでもない。必要な時が来れば何かをするべきなのかもしれないが、今じゃない」

「じゃあ、なにをするの？　今は」

視線を天井《てんじょう》からアンに移し、シャルは静かに答えた。

「誓《ちか》いを守る。ずっと、そばにいる。おまえを守る。誓いは、破れない」

アンの目を見つめながら、シャルは続けた。

「おまえが人間として幸せな生き方ができるように、守る。そのためにずっと、一緒にいる。好きなことをしろ、好きな場所に行け。好きな相手と恋《こい》をしろ。そのために守る」

その言葉に、泣き出したくなった。

やはりシャルは優しい。種族の違いを感じているのに、守ってくれるという。

あの荒野の城砦での一夜から、シャルとの距離は遠い。遠いのにその距離を知ってなお、包み込もうとしてくれる。シャルを好きになるなというほうが、無理だと思った。

だから「好きな相手と恋をしろ」の一言が、どうしようもなく胸に痛い。

けれどシャルの優しさに、自分も何かを返さなくてはならない。それはシャルの幸福のための、何かだ。

「ありがとう……。でも。わたしがもし、完璧《かんぺき》に幸せだって自分で思えたら、守ってもらう必要なんかなくなるよね。守る必要がないなら、誓いは果たされたことにならない？　そうなったら、ずっと一緒にいなくていい。守ってもらわなくていい。そうしたら今度は、シャルが好きなことをして、好きな場所に行って、好きな相手と恋をして。ほんとうは、今からでもそうして欲しいけど。シャルが誓いを破れないっていうなら、誓いを果たしてから」

アンは無理に笑顔《えがお》を作った。

「面倒《めんどう》な誓いをしちゃったね、シャル。ごめんね」

シャルは損《そん》な性分《しょうぶん》なのだろう。目の前で無様にもがいているひな鳥を、放っておけないのだ。動物でも妖精でも人でも、強い者は、優しいのだろう。

シャルは苦笑《くしょう》した。

「ずっとの意味は……」

「え？」

「いや……。それをおまえが望むなら」

綺麗《きれい》な黒い瞳《ひとみ》が、アンを見つめて微笑した。

「アン。最後の一つの作業を完成させて、王国に生きる命すべてに幸福を招け」

二人の距離は遠いし、息苦しいのに、どうしてこれほど柔《やわ》らかな空気を感じられるのか不思議だった。

聖堂の天井を見あげる。ここが、この世界が、砂糖菓子の招く幸福でいっぱいになるようにしたいと思う。胸に痛くて苦しいことはたくさんある。だからこそ。

それがアンの仕事だ。


シャルが口にした「ずっと」の意味は、アンが考えているほど軽いものではない。

天井画を見あげるアンの横顔を見つめる。

アンが誰《だれ》かと恋をして、安定した生活を手に入れ、完璧に幸福になったとしても、シャルは彼女のそばを離《はな》れられないだろう。完璧に幸福になった彼女の目に触れない場所で、彼女が気づかないように、わずかな不幸も彼女に寄せ付けないように、彼女の命が尽《つ》きるまで守り通す。

それがずっとの意味だ。

しかしアンにそんなことは言えなかった。そんなことを言えばアンはまた、シャルが心配だなんだと、気にしだすだろう。そんなことすらして欲しくなかった。

自分の中にあるこの強い思いは、どうしても消えない。彼女の完璧な幸福を望んでいるのに、好きな相手と恋をしろと言った自分の言葉が、毒をあおったように苦しい。

——触《ふ》れたい。

今この瞬間《しゅんかん》も、その気持ちを抑《おさ》えつけるのがやっとだった。


翌日、早朝から職人たちは働き始めた。

祭壇《さいだん》を中心に囲むように、八個の大きな砂糖菓子が並べられている。その他中くらいのものと小さなものは、その外側を埋《う》めるように。

聖堂内には、大扉からまっすぐ祭壇に向かって広い通路がのびている。その左右は礼拝席だ。通路の中間辺りで礼拝席が途切《とぎ》れ、横にのびる通路と交差している。礼拝席の列を、十文字に太い通路が横切っているのだ。

キングとオーランド、エリオットとキャットの四人がかりで、その通路の交差点に、円くて平らな銀砂糖を練った台座を設置した。台座の円周は、大人の男が二人がかりで手をつないでやっと回りを囲めるほど大きい。

置かれたそれを見て、ナディールが声をあげた。

「やっぱ、大きいなぁ」

ジョナスがうんざりしたように呟《つぶや》く。

「いまさらだけど、できるの？」

「できるの？　じゃねぇ！　やるんだ！　ジョナス、てめぇも運べ！」

キャットは雪の結晶《けっしょう》を慎重《しんちょう》に運びながら怒鳴《どな》りつけた。

シャルもブリジットも手伝って、職人たちはもちろん総出で、たくさんの雪の結晶をその台座の周囲に運んだ。雪の結晶は七日間で作りあげた。大型の雪の結晶の塔《とう》が、三つはできあがりそうなほどの数がある。

「最後の一つ」

アンは台座と、天井の間を見比べた。その場所が、聖堂の中で一番天井が高い。傘《かさ》を広げたような天井構造の頂点だ。

ここに最後の一つを作る。これから作るのだ。

普通《ふつう》、砂糖菓子は工房《こうぼう》で制作され、搬入《はんにゅう》される。この場所で作り始めるというのは、異例中の異例だ。しかし最後の一つは、この場所で作り始める必要がある。

ミスリルが端《はし》の方で、石の器《うつわ》に銀砂糖と冷水を入れ練っている。ゆるく練られたそれは、結晶を固定するために使う。

「南側は、わたしが行きます」

アンが言うと、エリオットが手をあげた。

「じゃ、俺は西ね」

キャットが東側に立つ。

「俺はここからだ」

北側には、オーランドが無言で立った。

四人の職人が巨大《きょだい》な台座の円を囲んで、東西南北と立った。そしてそれぞれ後ろには、別の職人がつく。

「はじめましょう。時間がないし」

アンが言うと、職人たちはその場に膝《ひざ》をついた。

アンも膝をつくと、背後に立っているキースにお願いした。

「一番大きなもの。白を。二つ」

するとキースは頷《うなず》き、白くて一番大きな雪の結晶を両手で慎重に手渡《てわた》してくれる。それを受け取ると、その二つを台座の上に、互《たが》いに互いを支え合うようにして立たせた。するとすかさず、ミスリルが石の器を持って、アンの膝の前に来る。その器に入れられている細い木の枝のような道具の先にゆるく練った銀砂糖を載《の》せ、台座と雪の結晶の接点に触れて固定する。

アンの正面では、オーランドが同じように、背後のヴァレンタインから結晶を受け取っていた。エリオットは、ナディールから。キャットはキングから。それぞれ結晶を受け取っていた。

ジョナスは、ミスリルのかわりに接着用の銀砂糖を練っていた。シャルとブリジットは、それぞれ聖堂の別の方向に座り、作業を見守っている。

冷え切った聖堂の中に、それぞれの職人の静かな声だけが響《ひび》く。

「小さいのくれないかなぁ？　一番小さいのを、一つお願いね。白」

さすがのエリオットも、息を詰《つ》めて無駄口《むだぐち》を叩《たた》かない。

「薄青《うすあお》の、大きいやつもってこい」

キャットも険しい表情を崩《くず》さない。

「それ。それでいい。そっちのやつだ」

オーランドもいつも以上に、ぴりぴりしている。片目に慣れず、まだ不自由しているらしいが、それでも彼の仕事の正確さは変わらない。

聖堂の中は冷え切っているのに、職人たちの額にはじわりと汗《あせ》が滲《にじ》む。

「キース。もう一つ。大きいの」

アンは自分の指先に集中し、結晶を組みこみながら、次に準備するべき結晶を考えて、囁《ささや》くようにお願いする。と、柔らかな声が確認《かくにん》してくれる。

「白だね？」

「うん」

目の前の結晶から指を離してほっとしたタイミングで、右後ろから別の結晶が差し出される。

日が高くなり、それから傾《かたむ》き、夕日が聖堂のステンドグラスに当たり始める。

作業を続けていた職人たちは、ずっと息を詰めていた。

「さすがに、時間がかかりやがる……」

結晶から手を離し、キャットが手の甲《こう》で額の汗をぬぐいながら苦い顔で言った。

「もう、日暮れだ。新聖祭は明日の夜だ。こんな調子じゃ、今夜は眠《ねむ》れねぇぞ」

「あれ、寝《ね》るつもりだったわけ、キャット」

エリオットも結晶を一つ固定し終わって、視線をあげる。

「てめぇらのめちゃくちゃぶりには、慣れた。寝るつもりはねぇ」

アンもほっと息をついて、目の前にできあがっているものを見た。確かにこれでは、寝ている暇《ひま》はない。思い描《えが》いたものの、三分の一も組みあがっていない。

「そろそろ、梯子《はしご》がいるな。梯子は？」

オーランドも手を休め、背後のヴァレンタインにふり返った。

「今、ジョナスたちが持ってきますよ」

そうしていると、ジョナスとシャルが、聖堂の出入り口から梯子を持って入ってきた。

ブリジットは、作業をしている周囲を明るくするために、ありったけのランタンと燭台《しょくだい》を持ってきた。

「ブリジットさん。明かりを、新聖祭の時に蠟燭《ろうそく》が置かれる予定の場所に配置してください」

「どうして？　作業している場所の近くがいいんじゃない？」

「ううん。新聖祭の夜と同じ光が必要なんです」

アンがお願いすると、ブリジットはちょっと考えてから問い返した。

「光の具合をみるつもりなの？」

「はい。砂糖菓子をただ作って、そこに置いておくだけじゃなくて。聖堂全体の光を、利用したいんです。だからどんなふうに見えるかを、確かめたいんです」

答えるとブリジットは微笑《ほほえ》んで頷き、新聖祭当日、飾《かざ》り蠟燭が置かれる位置に明かりを移動させる。ゆらゆらと揺《ゆ》らめく明かりに照らされ、職人たちは再び作業に向かった。

一昼夜、ぶっ続けの作業だ。明け方、聖堂内部がうっすらと明るくなる。

エリオットは外が明るくなっていることに気がつくと、周囲を見回した。

「ジョナス、ヴァレンタイン、キング。三人は、並べてある砂糖菓子の枠《わく》を外せ。慎重にな。三人の作業が終わるまで、ナディールとキースは、俺たちの補助を頼《たの》む」

命じられた職人たちが、聖堂の中に散っていく。

時間が経《た》つにつれ、アンの頭の中では、余計な考えがそぎ落とされていく。

──次は、何色？

──大きさは？

──光の反射は？

一つ一つ、組みあげる結晶のバランスを考える。そして目指すのは、たった一つの方向性だ。

──もっと、もっと。

最後の一つを作ろうと思ったとき、アンは砂糖菓子の招く幸福が、王国のどこにいる人にも届くようにしたいと願った。そのために空のように高くしたかった。空は、王国のすべての人から見えるからだ。だからこの砂糖菓子も、空に近づけたい。アンは目の前に組み上がっている砂糖菓子を見つめ、そこからずっと視線を滑《すべ》らせて天井《てんじょう》を見あげた。

「もっと、高く」

呟いていた。今夜のために、新しい年の新しい幸福のために見あげてみたいのだ。

――高く。

静かに、雪が降っていた。

新聖祭の今夜、ルイストンは街全体が輝《かがや》いているほど明るかった。新聖祭の夜は必ず窓という窓に、一つ明かりを置く風習がある。明かりが灯《とも》らない窓はない。西の市場、南の広場、凱《がい》旋《せん》通り、すべての場所にテントが出て、温めたワインを売り、甘い揚《あ》げ菓子を売る。

今夜。聖ルイストンベル教会が十二時を告げる鐘《かね》を鳴らせば、新しい年が来る。

誰《だれ》もが新しい年に思いをはせ、どこかそわそわと楽しい気持ちになっている。

今。締《し》め切った聖堂内で、国王と貴族たちが列席した、新聖祭が執《と》り行われているはずだった。その聖堂の周囲には、ルイストンの街の人々が集まっていた。この儀式《ぎしき》が済んで国王や貴族たちが立ち去れば、そこから聖堂は庶民《しょみん》の時間だ。

聖ルイストンベル教会の十二時の鐘が鳴り響けば、重くて巨大な聖堂の扉が、二十人の教父の手によって開け放たれる。

聖堂の周囲に集まった人々は、粛々《しゅくしゅく》と聖堂内に入り、祈りを捧《ささ》げる。

鐘の音を待ちわびる人々は、明かりが揺らめく聖堂のステンドグラスの窓を外から見つめて、囁きあっていた。

「今年、ペイジ工房《こうぼう》が砂糖菓子を作ったらしい」

「ペイジ工房？　今まで、一度も作ったことのない工房だ。大丈夫《だいじょうぶ》なのか？」

「国教会が選んだんだ、間違《まちが》いないよ」

「いいものなら、いいけどね。王国に一年の幸福を招けるようなね」

不安と期待と、野次馬根性《こんじょう》で、ひしめき合った人々は互いに意見を交《か》わす。

鐘が鳴った。

雪の夜空に響く。低く高く、様々な種類の鐘が一度に鳴らされる。鐘の音は互いにより合わされて、街を覆《おお》い、空を覆う。

聖堂の大扉が動いた。二十人の教父が内側から、左右の扉を一斉《いっせい》に押し開く。

聖堂の階段に、前庭に、ひしめく人々の上に、明るい光が漏《も》れ出てくる。

扉が完全に開くと、まばゆい蠟燭の光を背に受けて、主祭教父が聖堂の出入り口に立った。

式典用の黒の教父服と、黒の細長い帽子《ぼうし》。首に金と銀の糸をより合わせた細い帯を掛《か》けている。

「新年、おめでとう。皆《みな》に、新たな幸福を」

主祭教父は告げると、つっと両手を伸《の》ばして、群衆の頭上に向けて指先で聖印を切った。

主祭教父が身を翻《ひるがえ》すと、それに続いて、先頭の人々が階段をのぼった。

階段をのぼりきり聖堂の中に入った途端《とたん》、人々は立ち止まり息をのんだ。

聖堂が、きらきらと輝いている。

聖堂の左右の壁《かべ》には、儀式用の飾り蠟燭が並べられて、昼間のように明るい。それはいつものことだ。その明るい光の中に、聖堂の柱と、祭壇《さいだん》と、そしてそれらを引き立てるように砂糖菓子が並べられる。

けれど、違《ちが》う。ここはいつもの聖堂とは、違う場所のようだった。

蠟燭の光がきらきらして見えるのは、光を受けている砂糖菓子のせいだった。

大きなもの、中くらいなもの、小さなもの。

円錐《えんすい》の砂糖菓子が並ぶ。砂糖菓子が光を透過《とうか》するのは、それがごく薄《うす》い雪の結晶《けっしょう》の形をした砂糖菓子を、不規則に積み上げているためだ。光が隙間《すきま》を通り抜《ぬ》ける。そして結晶の一つ一つに彫《ほ》り込まれた模様が光を乱す。結晶の端《はし》に当たった光は、鋭《するど》くはじかれる。

真っ白なその砂糖菓子は、雪だ。誰が見ても一目でわかる。

そしてその真っ白な中に、時折、ふわりと淡《あわ》い色が混じる。雪の世界に舞い降りた、神の御《み》遣《つか》いの印のようだ。

そして人々が最も驚《おどろ》いたのは、聖堂の中央に据《す》えられた巨大《きょだい》な円錐の砂糖菓子だ。見あげれば、先端《せんたん》が指の先ほどに小さい。それも同じように、紙のように薄い結晶が組みあげられて、作られている。その巨大な雪の塔《とう》は、聖堂内の光を呼吸し、人を、王国を、見守るように立っている。聖堂内が明るいのは、この巨大な塔が光を集め、内部で乱反射し、その先端まで光が満ちているからだ。蠟燭の光が届かない、高い高いところまで、ふわりと光《ひか》り輝いている。

明るい。ふわりとした明るさなのに、時折鋭い光が目を射る。

そしてこれほど明るいのに、これが雪の景色だとわかるのだ。

今まで見たこともない幻《まぼろし》の景色だった。

砂糖菓子はそこに並べられているだけではない。聖堂内部に灯された明かりを計算に入れて砂糖菓子は配置され、そして作られているのだ。空間そのものを、職人たちは雪の景色に仕立てていた。砂糖菓子はただの置物ではなく、聖堂の景色を作り替《か》えている。

砂糖菓子が光を操《あやつ》り、空間全体を支配する。

グレン・ペイジはハルの肩を借りて、聖堂の中に入った。入った瞬間《しゅんかん》ハルが、

「わぁ……」

と、声をあげた。背後からついてきていたダナも、ノアも目を丸くする。キャシーとベンジャミンも、ダナの肩のうえできょとんとしている。

グレンははっと息を吸い込んだ。その目に生き生きとした、職人らしい光が宿る。

「あの大きさは、この場所で作ったのか？　光を効果にして……聖堂内の空間を砂糖菓子で変えた……そうか。こういうことも、可能なのか……砂糖菓子で」

そのままじっと聖堂の景色を見つめ続ける。

「グレンさん。そろそろ、奥へ」

しばらくしてハルに促《うなが》され、グレンは歩き出した。歩きながらグレンは俯《うつむ》いた。ゆっくりと歩む彼の足下《あしもと》に、ぽつりと、涙《なみだ》が落ちた。

「グレンさん？　どうされたんですか？　苦しいですか？」

それに気がついて、ハルが気遣《きづか》わしげに顔を覗《のぞ》きこんだ。グレンは、俯いたまま苦笑いした。

「いや。若者たちは生意気な真似《まね》をすると思ってね……。嬉《うれ》しいんだ」

グレンは再び顔をあげて、光の満ちる聖堂を今一度眺《なが》めた。

「うちの職人たちは、どこにいるんだろうな？　ハル」


職人たちは、聖堂裏手の教父控《ひか》え室にいた。徹夜《てつや》作業でぎりぎりまで力を使い果たした彼らは、作業が終わるとともにこの控え室に戻《もど》って、倒《たお》れこむように眠《ねむ》りだした。それぞれ毛布をひっかぶり、まるで冬場の兎《うさぎ》の群れのように、ぎゅうぎゅうと互《たが》いに寄り集まっている。

ブリジットも教父控え室の隅《すみ》で、丸まっている。

アンは一人、聖堂裏庭にいた。

そこは聖堂と教父館をつなぐ渡《わた》り廊下《ろうか》からも外れているので、ひとけがない。教父館と聖堂の窓の明かりで辺りはうっすらと明るい。

空を見あげていた。雪が次々に、降ってくる。眠っていないのに、なぜか長い眠りから覚めた時のように頭の半分は冴《さ》えていて、もう半分は霞《かすみ》がかかったようだ。

眠れなかった。まだ気持ちのなかに、高く高くと望んだ、自分の声が残っている。

「ルスル・エル・ミン」

海を見に行くと言った彼女にも、そして去って行った妖精《ようせい》たちにも、あの砂糖菓子たちが招く幸福が届くだろうか。そのために高くしたかった。遠くの彼らにも幸福が訪《おとず》れるように。

「アン」

呼ばれて、アンはふり返った。

「ヒュー？」

雪の中、にやりと笑って片手をあげて、こちらに向かってヒュー・マーキュリーがやってくる。銀砂糖子爵の正装を身につけている。

「どうしたの？　こんなとこに。しかも正装なんかして」

「俺も子爵だ。新聖祭の儀式に参列したんだよ」

ヒューの背後には、当然サリムもいた。彼は気配を消すように静かに付き従っている。

「いい仕事だったな。新聖祭に列席した貴族連中も、度肝《どぎも》を抜かれていた。いままで新聖祭の砂糖菓子は、結局はただの置物だった。それが今回のペイジ工房の仕事で、砂糖菓子が空間を支配できると見せつけた。来年からの新聖祭の砂糖菓子のあり方が、変わるかもしれない。これでペイジ工房の名は世間にとどろく。明日から仕事が、次々舞《ま》いこむ。しかも各工房に散らばっている元ペイジ工房の連中が、この噂《うわさ》を聞きつけて帰りたいと言い出すはずだ。ペイジ工房は、一気に盛り返すぞ」

「よかった」

嬉しくて、アンは自然と微笑《ほほえ》む。するとヒューが苦笑いした。

「よかった……か。おまえはそれで、ほんとうにいいのか？　アン。ペイジ工房の職人頭としては知られるが、アン・ハルフォードという銀砂糖師としては、まだ一つも実績がないぞ」

確かにそうだった。新聖祭の作品はペイジ工房の作品だ。アンだけではなく、ペイジ工房の力があってこそのものだ。アンの力など、微々《びび》たるものなのだ。

「ペイジ工房の職人頭になり、そこで一生働くのもいい。それも、いい仕事だ。それがおまえの理想の形ならな」

理想の形。

アンの心に浮《う》かぶ理想の形は、なんだろうか。問われて、愕然《がくぜん》とした。自分はいったい将来どんな形で仕事をして、どんな職人になりたいのか。

ただ腕《うで》のいい銀砂糖師になりたい。そんな漠然《ばくぜん》とした未来ではなく、はっきりとした形が生きるためには必要なのだ。その形が、自分の中にできあがっていない。

――このままペイジ工房《こうぼう》にいたら、これが理想の形だって言えるかもしれない。

ふと思う。ペイジ工房は居心地《いごこち》がいい。楽しいし、やりがいもある。

――でも自分の中に形がないからって、今あるところを理想の形なんて言っていいの？　ここはグレンさんやコリンズさんが作った形。それを自分のものだって言ってるのかもしれない。

「考えろ。自分の未来だ」

ヒューの言葉に、アンはただ立ち尽《つ》くした。その時、背後から声がした。

「銀砂糖子爵。うちの職人頭をナンパですか？」

聖堂の方からぶらぶらと、エリオットがやってくる。一緒《いっしょ》にシャルもいた。

「目が覚めたらアンがいなくて、びっくりしちゃったよ。嫌《いや》な経験があるから、おもわずシャルまで叩《たた》き起こして来ちゃったじゃない？」

ヒューは苦笑して、軽く手を振《ふ》った。

「ナンパしようかと思ったが、シャルが怖《こわ》いな。退散する」

歩き出したヒューに、エリオットは頭をさげた。

「子爵。ありがとうございました。あの妖精から、うちの職人頭を助けてくれて」

「仕事だ。それに俺はただ迎《むか》えに行っただけだ。助けてない」

ヒューはそれだけ言うと、サリムを連れて歩き出した。

シャルがそっとアンの背を押した。

「屋根のあるところへ行け。頭が雪で真っ白だ」

「シャル、わたし」

アンは歩きだしながら、シャルの上衣《うわぎ》の袖口《そでぐち》を摑《つか》んだ。

「わたし、新聖祭までペイジ工房で働こうって決めてたの。けどそれ以上、考えてなかった」

聖堂裏手の軒下《のきした》に入ると、シャルは深くため息をつきながら、アンの頭に降り積もった雪を払《はら》い落とした。

「相変わらずの、かかし頭だ……」

一緒に軒下に入ったエリオットは爆笑《ばくしょう》した。

「ほんとうに、目の前のことにばっかり気を取られちゃうんだねぇ。アン。将来設計とか、めちゃくちゃ苦手なんじゃない？」

苦手どころか、考えたこともない。ただいつも漠然と、ああなりたいこうなりたいと思っているだけだ。そしてそのために、とりあえず目の前のことを、がむしゃらにやり遂《と》げている。

「そんなアンに、アドバイス」

エリオットはひとさし指を立て、本に書かれていることをそらんじるようにすらすらと言った。

「まず、ペイジ工房の長代理《おさ》の立場で言えば、うちにいて欲しい。これは純粋《じゅんすい》に、ペイジ工房のために働いてくれれば助かるから、ペイジ工房の利益のためにする意見。そしてもう一つ、銀砂糖師の先輩《せんぱい》としての意見。君の将来を考えるなら、君はまず、もっと経験を積んだ方がいい。ペイジ工房は、狭《せま》い世界だ。経験は限られる。銀砂糖子爵と肩を並べるほどの職人になりたいなら、君はペイジ工房にいちゃだめだ」

ヒューの背中を思い出す。

──あんな職人になりたい。

未来のことを具体的に考えることなどなかったが、それだけは強く思ったことだ。ならそのために、自分は未来への道を考えるべきだ。

──ペイジ工房には、いちゃいけない……。

じわりと胸の内側に切なさが滲《にじ》む。ペイジ工房はアンにとって、とても安らげる場所になっていた。職人たちやエリオット、グレンやブリジット、妖精たちのことも大好きになったのに。

それが顔に出たのかもしれない。エリオットは、ぽんとアンの頭を叩いた。

「まあ、あんまり構えないでさ。もし、こりゃだめだなって思ったら、帰ってくればいいから。アンはうちの職人頭なんだ。いつでも、帰っておいでよ」

はっと見あげるとエリオットは軽くウインクして、さっと背を見せ、歩き出していた。

「やばいな～。みんな寝《ね》ちゃってたから、グレンさんに使い出すの忘れてたじゃない。あの人のことだから、もう勝手に来てるかもなぁ。いや、来てるよね、絶対。怒《おこ》られそう」

ぼやきながら、エリオットはひょいひょいと軽い足取りで、聖堂の裏手に入っていった。

帰っておいでよ。

そんなふうに言ってもらえることが、これほど嬉《うれ》しくて心強いとは思わなかった。帰れる場所がある。待っていてくれる人がいる。疲《つか》れたら、温かく出迎《でむか》えて頭を撫《な》でてくれる。

──ママみたいな場所。

そんな場所があるからこそ、できる冒険《ぼうけん》もあるかもしれない。

「それで、かかし頭の結論は？」

シャルは笑いたいのを我慢《がまん》しているような顔で訊《き》いた。

「わたし……ペイジ工房に残らない」

「ペイジ工房を出て？　それから？」

「え？　えっと、それは……その……えっと……」

「ゆっくり考えろ。好きなようにしろ。おまえにつきあう」

シャルが歩き出したので、アンも彼を追って歩き出す。

シャルは聖堂の裏手を抜《ぬ》けて、祭壇脇《さいだんわき》の出入り口から礼拝堂の中に踏《ふ》みこみ、幻《まぼろし》の雪の景色を見つめる。アンもシャルの隣《となり》に立ち、聖堂を見回す。人々の明るい顔。そして砂糖菓子。

新しい年が来た。新しい幸福が、ハイランド王国にやってくる。

隣に立っているシャルは、アンにつきあうと言ってくれた。今もそばにいる。けれど彼との距離《きょり》を感じる。人と妖精の距離だ。ふいに切なくなり泣きたくなる。

──シャル……。シャル。

恋心《こいごころ》はおさえこんでも、おさえこんでも、あふれてくる。この思いは消えてなくなってしまう方がいいと知っているのに、消えてくれない。この空間に満ちる砂糖菓子が招く幸福が、シャルと自分の距離を近づけてくれはしないだろうかと願ってしまう。泳げもしないのに湖に放《ほう》りこまれて、どうしようもないと知っていながらも、もがいてしまうのに似ている。

祭壇前の礼拝席に座って真剣《しんけん》にお祈《いの》りをしていた一人が、祈りを終えて立ちあがった。キースだった。彼の視線がふとこちらに流れて、彼はアンとシャルの存在に気がついたらしい。軽く手をあげて、こちらにやってくる。

「アン。探してたんだ。訊きたいことと、相談があって」

「相談？　なに？」

相談されるようなことが思い浮かばず、きょとんとする。

キースはちょっといたずらっぽく笑った。

「実は僕ね、ペイジ工房の仕事を手伝って決めたあと、ラドクリフ工房を辞《や》めたんだ」

いきなりの告白に、面食《めんく》らった。

「辞めた？　どうして？　なんで急に辞めちゃったの？」

「ペイジ工房《こうぼう》の職人たちを見てたら、派閥《はばつ》だとか父親の足跡《そくせき》とか、いろいろ考えているのが馬《ば》鹿《か》らしくなったんだ。それで辞めた。もう派閥には入らない。それで君に訊きたかったんだよ、アン。君はペイジ工房に残って、ペイジ工房の職人になるの？」

「ううん。ペイジ工房は出ることに決めたけど」

「なら。ねぇ、アン。……僕と一緒に砂糖菓子工房を作らない？　作りたいんだ、君と二人で」

キースはアンをまっすぐ見つめ、いつものように柔《やわ》らかく微笑《ほほえ》んだ。

思いも寄らない誘《さそ》いに、アンは目を丸くした。

――二人で工房を作る？

聖堂の中は柔らかな光に包まれ、彼らの周囲では反射した光がちらちらと躍《おど》る。王国にあまねく幸福を招く砂糖菓子が光を生む。

キースが握手《あくしゅ》を求めるように手を差し出す。

シャルがアンの横顔を見つめている。無表情なのに、黒く美しい瞳《ひとみ》が複雑な感情に揺《ゆ》れている気がした。

差し出されたキースの手に、アンは迷い戸惑《とまど》う。自分はその手を握《にぎ》るべきなのだろうか？

迷いのなか、雪の夜空に聖ルイストンベル教会の鐘《かね》が鳴り渡《わた》る。

あとがき

皆様《みなさま》、こんにちは。三川《みかわ》みりです。

シュガーアップル・フェアリーテイルの六巻目です。ふと気がつくと登場人物が多くなってきて、我ながら冷《ひ》や汗《あせ》です。と、言いながら、前巻ではまたまた増えてしまいました。五巻目で、妖精《ようせい》ラファルとノアが新しく登場。

シャルの生まれについては最初からぼんやりと設定があったのですが、当初の本筋にはまったく関係ない話だったので完璧《かんぺき》な無駄《むだ》設定でした。それがこうやって、日の目を見る日が来ようとは。なんだか感慨《かんがい》深いです。

ラファル、よかったねぇ。

でもアンとシャルにとっては大迷惑《めいわく》でしょう、きっと。

ノアも実は、最初は短編用プロットで考えていた妖精なのですが、思いもよらず本編に登場とあいなりました。このプロットはボツになったのですが、ちょっとかたちを変えて、こうやって日の目を見ました。

ノアも、よかったね。

こちらはアンもシャルも、嫌《いや》な顔をしないでいてくれそうです。ミスリルは前巻で二回も吹《ふ》っ飛《と》ばされたのでひとこと文句は言いそうですが、悪気はないので許してくれるはず？

こうやって物語が広がっていくのはびっくりしますが、素直《すなお》に嬉《うれ》しいことです。毎回、書くたびに大冒険《ぼうけん》の心境なので、まさに読者の皆様と一緒《いっしょ》に世界を開拓《かいたく》しているのだろうな、と。どんな世界も広いので、果てなど見えない、あるいはないかもしれないのですが、世界のどこまで覗《のぞ》けるのか興味津々《きょうみしんしん》です。

担当様にはずっと、いろいろな面でお世話になり続けています。頼《たよ》りにしすぎて申し訳ないと思いつつ……でも頼りにしてしまうのです～。これからもよろしくお願いいたします。

イラストのあき様。シャルとならぶ空前絶後の美形ラファルが、ほんとうにそのとおりの美形っぷりで現れ、仰天《ぎょうてん》しました。すごい!!　ほんとうに、ありがとうございます。本を手に取るたび感謝してしまいます。

すこしでも皆様によろこんでもらえるように、今も開拓真っ最中です！　ではでは。また。

三川　みり

BEANS BUNKO

「シュガーアップル・フェアリーテイル 銀砂糖師と赤の王国」の感想をお寄せください。
おたよりのあて先
〒102-8177 東京都千代田区富士見2-13-3
株式会社KADOKAWA 角川ビーンズ文庫編集部気付
「三川みり」先生・「あき」先生
また、編集部へのご意見ご希望は、同じ住所で「ビーンズ文庫編集部」
までお寄せください。

シュガーアップル・フェアリーテイル 銀砂糖師《ぎんざとうし》と赤《あか》の王国《おうこく》

三川《みかわ》みり

角川ビーンズ文庫 17057

平成23年10月1日 初版発行
令和3年9月30日 3版発行

発行者———青柳昌行
発 行———株式会社KADOKAWA
〒102-8177 東京都千代田区富士見2-13-3
電話 0570-002-301(ナビダイヤル)
印刷所———株式会社暁印刷
製本所———本間製本株式会社
装幀者———micro fish

●お問い合わせ
https://www.kadokawa.co.jp/ (「お問い合わせ」へお進みください)
※内容によっては、お答えできない場合があります。
※サポートは日本国内のみとさせていただきます。
※Japanese text only

ISBN978-4-04-455056-1 C0193 定価はカバーに表示してあります。 ◇◇◇

隼《はや》川《かわ》いさら　イラスト／山本《やまもと》佳《か》奈《な》
司書と魔本のダークファンタジー!!
第９回
角川ビーンズ小説大賞
読者賞受賞
Reading《リーディング》
～司書と魔本が出会うとき～
大陸図書館で働く新米司書リィナは、悪名高い地階位に配属されてもめげず、先輩司書ジーンにしごかれていた。だが、呪われた「魔本」を開いたことで、ジーンが右目と共に封じた忌まわしき過去と、異能を知ってしまい――!?

角川ビーンズ小説大賞
原稿募集中！
君の"物語"がここから始まる！
角川ビーンズ小説大賞がパワーアップ！
https://beans.kadokawa.co.jp
詳細は公式サイトでチェック!!!
【一般部門】&【WEBテーマ部門】
賞金 大賞100万円
優秀賞30万円
他副賞
締切 3月31日
発表 9月発表(予定)
イラスト／紫 真依